神様のカルテ0 zero

Sosuke Natsukawa 夏川 草介

目次

装画　カスヤナガト
装幀　山田満明

神様のカルテ　0

有《あり》明《あけ》

数輪の、夾竹桃《きょうちくとう》の花が咲いている。

信濃《しなの》大学医学部の学生寮「有明寮」の庭先である。

八月初旬の眩《まばゆ》い日差しが降り注ぐ庭に、真っ赤な花弁が、ときおり頷《うなず》くように少し揺れ、ときに考え込むようにぴたりと止まる。

白い光の中に赤の映える、色鮮やかな夏景色だ。

進藤辰也《しんどうたつや》は、一階の食堂の椅子《いす》に腰かけたまま、その夏の象徴のような赤い花を眺めやった。

葉が竹のようで、花が桃のようであるから、その名がついたという夾竹桃は、冬の福寿草とならんで、辰也の好きな花のひとつだ。どこまでもしっかりと赤く、そして丈夫で、気候にめぐまれれば二、三か月は悠々と咲き続ける。そんな生き生きとした立ち姿でありながら、花、葉、根とあらゆる部分に結構な毒性があるという点が、なにやら風刺めいていて面白いと思う。

いずれにしても、と辰也は軽く目を細めた。

こうして寮の庭先を眺めるのも、今年で最後だという淡い感慨が胸をよぎった。

辰也は、信濃大学医学部の学生で、今は最高学年の六年生である。信州松本に生まれ、松本にある大学に合格して今に至る。

六年生の夏ということは、まさに国家試験勉強の真っただ中ということで、いまも室内に視線を戻せば、大きなテーブルを囲んで、友人たちが内科学書や解剖学図譜を開いて、黙々と勉強にいそしんでいる。内科、外科から、耳鼻科、眼科、形成外科などあらゆる臨床知識をすべて網羅するのみならず、基礎医学から倫理学にいたるまで広範な領域が問われるのが国家試験であるから、その勉強は、なかなか容易なものではない。

〝もっとも、医者になったら、毎日の大変さはこんなものでは済まないだろうけど……〟

辰也は、目の前に積み上げられた医学書を眺めて、小さく苦笑した。

「気色の悪い男だな、なにをひとりでにやけている」

ふいの声は、友人たちの中から上がったものだ。

分厚い『標準外科学』を開いていた栗原一止《くりはらいちと》が、いたずらに怜悧《れいり》な視線を辰也に向けている。

「大の男が、庭先の花を眺めてにやにや笑っているというのは、あまり気持ちのよい景色ではないな。いくら丈夫な夾竹桃でも、気分を害して枯れてしまうのではないか?」

一止が毒舌をふるうのはいつものことである。

高知生まれのこの友人は、夏目漱石《なつめそうせき》の心酔者で、『草枕《くさまくら》』を冒頭から全文暗唱できるというほとんど異常な特技の持ち主だ。変人の多い医学部の中でも、ひときわの変人だが、辰也とは一年生以来の長い付き合いがある。

「それは悪かった。夾竹桃に謝っておくよ」

「お気楽で結構なことだ。成績優秀者の余裕というやつか」

「やっかむなよ、一止」

口を挟んだのは一止の隣にいた真っ黒に日焼けした巨漢である。北海道の酪農家出身、砂山《すなやま》次郎《じろう》だ。

「タツは俺たちとは頭の出来が違うんだ。ほんと、俺にもタツくらいの頭があれば、第二解剖学の追試も避けられたんだろうけどなぁ」

「ちょっと待て次郎」と一止が、冷ややかな目を巨漢に向ける。

「タツの成績にケチをつけるつもりはないが、お前と私を『俺たち』でひとくくりには、してくれるな。頗《すこぶ》る不愉快だ」

「照れるなよ、薬理学も解剖学も一緒に追試を受けた仲じゃないか」

がはは、と陽気に笑う次郎の横で、一止がため息とともに額に手を当てている。

「お気楽というなら、みんなそろってお気楽よ。私なんか、追試だけでまだ四つも抱えているんだから」

辰也のすぐ隣に座っていた女学生が、片肘《かたひじ》をついたままぼやいている。

草木《くさき》まどか。岡山出身で、昨年までテニス部の部長をつとめ全国大会にも出場したほどの選

手だ。運動神経は抜群だが、学業については追試の常連で、

〝テニスと同じで、ぎりぎりのライン上を狙《ねら》うのが楽しいのよ〟

などと発言しておきながら、しばしばあっさりとラインオーバーをして、辰也に泣きつくことも珍しくない。

口は悪いが性格は明朗で、数年前から女子学生も受け入れるようになった「有明寮」において、女性の一番乗りであったのも彼女である。

「成績優秀、容姿もまあまあ。おまけに可愛《かわい》い彼女もいるんだから、うらやましい話よ」

ちらりと辰也に目を向けて、そんなことを言う。

「〝まあまあ〟という辺りは賛同できないね」

「余裕かましちゃって。どうせ、花眺めているふりして、彼女のことでも考えていたんでしょ」

「そんなこと考えていたのか。うらやましすぎるぞ、タツ」

にわかに次郎の大声が飛び込んできた。

「千夏《ちなつ》ちゃんってさ、ほんと可愛いよな。今五年生だろ、この前、院内でポリクリ（臨床実習）に回ってるとこ見かけたけど、あの笑顔は犯罪だよ」

「犯罪は貴様の存在そのものだ、次郎」

「そんなこと言うけど、一止だって千夏ちゃんと将棋指してるときは結構楽しそうだったじゃねえか」

次郎の言葉に、一止はこれ見よがしに、『ステッドマン医学大辞典』をめくりながら、

「言いがかりも甚だしいな。私が楽しんでいたのは将棋そのものであって、その他の事象は、ことごとく付録にすぎん」

「強がっちゃって。横恋慕していたくせに」

無遠慮なまどかの声が飛び込んできて、一止が鼻白む。

如月《きさらぎ》千夏は、一止の誘いを受けて将棋部に所属していた一年下の後輩である。将棋部部員とは言いながらも、本業はテニス部の方で、チームを支えるエース級の選手であったから、元部長のまどかとは特別仲が良い。

「横恋慕でなくても、甲斐性《かいしょう》なしってことは確かね。千夏と二年間も将棋盤を囲んでいながら、結局進藤君に全部持ってかれるんだから、ザマぁないわ」

容赦のないまどかの言葉に、一止が珍しく絶句している。

辰也と一止が、如月千夏を挟んで三角関係を築いていた、という話は、昨年の医学部のトップニュースであった。事実を言えば、三角関係と言えるほどのことは何も起こっておらず、一止が指をくわえて見ていただけであったのだが、この場合、細かな事実関係はどうでもよい。

「草木、君こそ人のことをどうこう言う前に、自分のことはどうなのだ？　小野寺《おのでら》先輩とはあまりうまくいっていないという話を聞いているぞ」

「いつの話をしているのよ。あんなエロ外科医、もう半年も前に振ってやったわ。相変わらず世の中の情報にうといのね」

一止は渾身《こんしん》の反撃を、あっさりまどかの鼻息に吹き飛ばされて、再び絶句している。

「青春ですねぇ……」

ようやくぼそりとつぶやいたのは、それまで黙って一同の騒ぎを眺めていたもう一人の男だ。すっかり薄くなった頭髪の下に、人の好《よ》そうな笑顔を浮かべた男性は、どう見ても学生には見えないが、れっきとした医学部六年生である。楠田重正《くすだしげまさ》は、一度社会人として管理職にまで出世してから医学部に入学したという風変わりな経歴の持ち主で、五十二歳という年齢は、医学部学生の最高齢でもある。

「やっぱり皆さんと一緒に勉強するのは、いいものですね。ひとりでやるより不思議と進みます」

「だといいですけど」と遠慮がちに辰也が答える。

「半分はこの馬鹿騒ぎです。シゲさんの邪魔になっていなければいいですが……」

「楽しくやっていますよ。おかげでもうお昼です。今日はそろそろ店じまいですかね」

朝から始めて昼に終わるのが、この勉強会のいつもの流れだ。シゲさんは剛毛の太い腕で医学書を閉じながら、

「勉強勉強と言いつつも、時にはこういう楽しい話がないと長くは続きません。男女の問題は、いつだって人間生活の最大の関心事ですからね」

ふふふと意味深な笑みを浮かべている。

「シゲさんてさ」とにわかにまどかが振り返った。

「まだ彼女できないの？」

「またまどかさんは、ハゲの中年に向かって、ひどいことを聞きますなぁ」

あははとシゲさんの応答はひどく陽気だ。

「だってさ、女から見て、シゲさんて優しいし落ち着きがあるし、年っていってもまだ五十過ぎだし、全然射程範囲内よ」

「嬉《うれ》しいこと言ってくれますね。でも脳の方は確実に劣化してきていますから、今は目の前の教科書を頭に入れるので精いっぱいです。恋愛は医者になってから。現場で可愛い看護師さんをさがします」

「出た、犯罪者シゲさんの野望！」

品のないまどかの高笑いと、意味ありげなシゲさんの忍び笑いが和して不気味なことこの上ない。傍らでは一止がげんなりとした顔で、缶コーヒーを傾けている。

ほとんど混沌《こんとん》としたその空気を、辰也はしかし貴重なものだと思う。

こうして集まる機会は今年が最後。

生まれも、経歴も、これから選ぶ進路も、まったく異なる人間たちが同じ机を囲むことは、おそらくもうないことなのだ。

「タツ」とふいに一止の声が聞こえて、辰也は顔を上げた。

一止が、庭の生垣の向こうを目で示している。

振り返れば、寮の前の小道に、グレーのジムニーが入ってくるのが見えた。

生垣の切れ目で止まったジムニーの窓が開いて、身を乗り出した女性が大きく手を左右に振っている。生き生きとしたその動作が、真夏の太陽の下で眩《まぶ》しいほどだ。

「あのバカ、ほんと遠慮ってもんがないんだから」

まどかの呆《あき》れ顔に、辰也も苦笑するしかない。

「デートですか？」とにこやかに問うたのは、シゲさんである。

「お互い、なかなか時間が取れなくて……」

苦笑まじりに、手元の書籍を片付け始める辰也に、笑顔でシゲさんは続ける。

「一緒に過ごす時間は大事ですよ。気持ちさえあれば通じあえるなんて、言うほど簡単なことではありませんからね」

「シゲさんが言うと、重みあるなぁ」

「あーあ、私も気持ちの通じあえる男がほしいわ」

次郎とまどかが勝手なことを言っている。

その傍らで、ノートに視線を落としたままの一止の、淡々とした声が聞こえた。

「明日の勉強会も、朝九時からだ」

「了解」

うなずいて辰也は、立ち上がった。

八月の信州は、一年のうちでもひときわの観光シーズンだ。

とくに上高地《かみこうち》への入り口となる松本は、河童《かっぱ》橋散策が目的の年配の集団から、槍《やり》ヶ岳《たけ》、穂高《ほたか》連峰に臨むベテランの登山者たちまで、雑多な人々が行き交う。駅前はもとより松本城のあたりにも、普段は見ない山装備の旅人たちが往来して、まことににぎやかだ。

そんな街中に車で降りて行けば、たちまち渋滞につかまってしまうのだが、ジムニーのハンドルを握る千夏の心はいつになく弾んでいる。

久しぶりに助手席に辰也がいるからだ。

五年生の千夏はすでに臨床実習が始まり、病院と自宅を行き来する多忙な毎日を送っている。一方で辰也もまた国家試験勉強を進めながら、同時並行で卒業試験もクリアしていかなければいけないから、なかなか互いに時間が取れないでいたのだ。

「千夏、ポリクリは大変か？」

辰也の声に、千夏は前方を向いたまま明るい声で応じた。

「見るもの全部が初めてだから、大変は大変だけど、結構楽しんでやってるわ。たぶん、ひたすら教科書とにらめっこのタッちゃんよりは楽だと思う」

「千夏らしいな。今は救急部だっけ？」

「そう、朝が早いのが辛《つら》いけど、いかつい顔の先生たちが、意外にみんな優しいから面白い」

ひどいことを言ってるよ、と辰也はおかしそうに笑う。

「タッちゃんの勉強会の方はどうなの？　毎日やっているんでしょ？」

「まあ毎日といえば毎日だけど、半分はお祭り騒ぎだよ。なにせメンバーがメンバーだからね」

「栗原先輩に、まどかさんに……」

「砂山とシゲさん」

思わず千夏は笑う。

「個性派ぞろいの六年生の中でも、最強のメンバーだって、うちの学年でも噂《うわさ》になってるわ」

「それはまずいな。僕まで変人扱いをされてしまう」

「タッちゃんだって、あの栗原先輩とずっと付き合っているんだもの、十分最強メンバーのひとりよ」

「千夏、栗原と草木さんから悪い影響を受けてるな、昔はそんなに毒を吐かなかったぞ」

ひとにらみする辰也に、千夏は声をあげて笑った。

口の悪いことを言ってはいるが、千夏は辰也のことを結構本気で尊敬している。

実家の蕎麦屋《そばや》を手伝いながら大学に通うという苦学生のような生活でありながら、人柄は穏やかで、成績も優秀だ。寮生でもないのに「有明寮」の勉強会に誘われたのも、一緒に勉強するためというより、皆が辰也に教えてもらうために呼んだのであろうことは、千夏にも容易に想像がつく。

すごい人と付き合っているのだ、と千夏は時々ふいに実感することがある。と同時に、胸をよぎるのは、かすかな不安だった。

「進藤先輩」と呼んでいたのが「辰也さん」になり「タッちゃん」に至るまでに、ずいぶんな時間を積み重ねてきた気がするが、まだ一年程度である。その短い時間のうちに辰也は卒業してしまう。

なんとなく、ちらりと千夏は助手席に視線を走らせた。

辰也はいつもと変わらぬ寡黙さで、静かな目を窓の外に向けている。

「帝都《ていと》大学の研修コースは、どうすることにしたの？」

できるだけ自然体で尋ねたつもりが、それでもかすかな陰りを隠しきれなかったことを、千夏は自覚した。

辰也は、そんな千夏の不安に気づいているのかいないのか、少しだけ考え込むように沈黙してから答えた。

「まだ、迷っているところ。僕も案外、優柔不断だ」

帝都大学祈念病院は東京にある千床を越える高度専門医療機関だ。

研修医の教育にも力を入れていて全国から多くの希望者が殺到するが、教育水準を維持するために人数枠に制限がある。その研修医採用試験に辰也が挑んだのは、まだ桜も艶《あで》やかだった三か月半前。そして、合格を知らせる通知が来たのは、つい先日のことであった。

「帝都大の研修は水準が高いだけに厳格だ。行けばしばらくは帰ってこれなくなる。それも年単位の話だ」

「タッちゃんのお母さん、ひとりになっちゃうもんね」

「それは覚悟していたことだよ。だけど今の僕には、千夏もいる」

てらいのない一言に、千夏は思わず助手席に首を巡らせた。「前を見て、前を」と苦笑まじりに辰也が声をあげる。

「そんなに驚くことはないだろ」

「驚くわよ。だってせっかく合格した帝都大と私なんかを比べて……。だいたい、そんなこと、帝都大を受けた時からわかっていたことでしょ」

「いや……、正直受かるなんて思っていなかったんだよ」

困惑顔で首をかしげる辰也の様子に、千夏は呆れるしかない。

〝タツは頭がいいわりには、阿呆《あほう》な男だ〟

たしか昔、栗原先輩がそんなことを言っていたな、とふいに思い出して、千夏は今さらながら妙に納得した。

「せっかく手に入れたチャンスをこのまま手放したら、タッちゃん多分後悔すると思うな」

「なるほど、千夏はむしろ、東京行きを勧めるわけだ」

「それは……」と千夏は返答に窮する。ため息交じりに千夏は辰也に一瞥《いちべつ》を投げかける。

「……そういう言い方って、タッちゃんも結構性格悪くない？」

「自覚はあるよ。勉強会続きで、朱に交わりすぎたんだろう」

思わず千夏は小さく肩を揺らして笑った。

ちょうど赤信号でジムニーが止まったところで、千夏は、とんとハンドルを叩《たた》いてから、

「私は何も言いません。タッちゃんの思うようにやってください」

「あ、千夏得意の〝問題先送り〟だね」

「いいもん別に。どっちにしたって私が東京に行くわけじゃないし」

「違ったか。先送りというより〝投げやり〟だな」

「その代わり」と千夏は少しだけ声を大きくして遮った。

「その代わり、卒業まであんまり時間ないから、もう少しだけ時間つくって」

唐突な千夏の要求に辰也は二度ほど瞬きをする。

「卒試もあって大変だと思うけど、少しくらいタッちゃんとどっかに出かけたりしたい。そしたら気持ちよく送り出してあげる」

返事がないからちらりと見返すと、辰也は思いのほか真面目《まじめ》な顔で考え込んでいる。

「それは構わないけど、どこに行きたい？」

「どこって言われても……」

意外に千夏は細かいことは考えていない。

「どこでもいいけど、どっか行きたい」

「なんだよ、それ」

「なんでもいいの、なんか珍しいもの見に行くとか、きれいな景色のある場所とか、とにかくタッちゃんと一緒の思い出つくっておきたい」

勝手なことを言っているのは、千夏にも自覚があるが、たまに会ったときくらい勝手を言ってもいいだろうという思いもある。

「なんとか考えてみるよ」

そんないつも通りの穏やかな声がかえってきたことが、かえって少し悔しくて、千夏はさらにつけくわえた。

「それからもうひとつ」

とジムニーのギアを勢いよく入れる。

「今日はたっぷりお肉食べるけど、全部タッちゃんの奢《おご》りだからね」

「おいおい」と笑う辰也に、じゃあ出発！　と千夏は張りのある声で答えて、アクセルを踏み込んだ。


医学部六年の夏から秋にかけてという時期は、学生たちにとって試練の時期である。どこの病院へ就職すべきか情報収集や見学を通して進路を模索しつつ、果て無く続く卒業試験を順次、クリアしていかなければならない。しかもそれらすべては、翌年二月に行われる医師国家試験を無事通過することが大前提だ。

〝医学生、国試に落ちれば、ただの人〟

それは、国家試験を控えた医学生たちの、焦りと緊張とプライドとを端的に評した句といえるだろう。

かかる重圧が続けばこそ、学生たちにも色々な予期せぬ変化が生じて来る。

それまで仲のよかったカップルが唐突に破局を迎えたり、疎遠であった男女がにわかに交際を始めたり、といった恋愛上の波乱は言うまでもなく、緊張に耐えられず睡眠薬に手を出す者や、現実逃避のアルバイトにいそしむ者、ふいに学内から姿を消して休学してしまう者など、笑い飛ばすにはいささか苦しい話にも事欠かない。

「いろいろと予想外のことが起こる時期だけど……」

辰也は「有明寮」の一室で、ため息交じりに壁際のベッドを眺めやった。

「天下の砂山次郎が風邪で寝込むっていうのは、さすがに誰も予想しなかっただろうね」

灯《あか》りを落としたベッドの中で、黒い巨漢が珍しく赤い顔をして丸くなっている。額に乗せた濡《ぬ》れタオルの下に、ぐったりとした次郎の細い目がうるんでいる。

「言ってくれるな、タツ……」

声まで弱々しい。

辰也は卓上のポットで湯をわかし、コーンスープをつくってやる。

「すまねえなぁ」という弱々しい声は、普段が大声であるだけに一層哀れを誘う。

次郎が風邪で倒れたのは、夏の日暮れにかすかな秋の気配がただよい始めた九月初旬のことである。

最初は微熱と軽い咳《せき》だけであったのが、辰也が勉強会で会うたびに具合が悪くなるようで、結局しばらく寝込むことになってしまったのだ。

「これだけ長引くというと、肺炎じゃないのか？」

「多分大丈夫だと思う。一応ステート（聴診器）は当ててみたが、ラ音も wheeze もない。今朝、一止が内科の先生に薬をもらってきてくれたし……」

ならばあとは待つしかない。

せいぜい辰也にできるのは、スープをつくってタオルを換えてやるくらいだ。

「まあしばらく静養だね。幸いここ二週間は卒試もない。タイミングはむしろ良かったくらいだ」

「タツ、あまりその巨漢に近づかんほうがいいぞ」

部屋の外から一止の声が聞こえてくる。一止の部屋は次郎の隣で、壁が薄いためにそのまま声が届くのだ。

「体力と食欲だけが取り柄の巨漢をやっつけるような病原体だ。きっとろくでもない変異体に違いない。我々は身を守ることが先決だぞ」

辰也が苦笑したのは、一止が口の割には、いろいろと次郎の世話を焼いていることがわかるからだ。部屋にはペットボトルの水やパンが置いてあり、今辰也がつくっているインスタントスープも買い置きがしてあったものである。

「なにをまた、にやにや笑っていやがる」

唐突に、扉の向こうから顔をのぞかせた一止が、そんな言葉を投げ込んできた。いかにも不快げな顔で、これ見よがしにマスクまでつけている。

「いや、砂山もいい友人がいるものだと思ってね」

「それは初耳だな。ぜひ紹介してくれたまえ」

部屋に入ってきた一止は、そばの座布団に腰を下ろすと、無造作にマスクをとって、ポケットから取り出した缶コーヒーに口をつけた。

「お前ら、俺の方は大丈夫だから、勉強会は進めてくれていいぞ」

「そうしたいとこなんだけど」

辰也は出来上がったカップスープを次郎に渡しながら、

「いろいろ面倒事が重なっていてね」

カップを受け取った次郎がすぐには問い返さなかったのは、いくらか事情を悟っているからであろう。辰也はため息交じりに続けた。

「シゲさんがだいぶ荒れているんだよ」

「やっぱり……」と次郎が心配そうに、一止に目を向ける。

「酒、増えてるのか」

「バカみたいにひたすら覚えるだけのこの記憶マラソンは、年配者にはどう考えても不利だからな。きついのだろう。おまけに先週受けた小児科の追試が結構危ないらしい」

最近、なんとなく暗い顔をしていたシゲさんは、どうやらストレスで飲酒量が増えているようで、朝から酔っぱらっていることも稀《まれ》ではなかった。ここ数日はそれが顕著で、勉強会そのものを欠席することも多くなっている。

「ひとり抜けただけでも、勉強会の空気は寒くなるものだ」

「ひとりじゃなくて、二人だろ。まどかちゃんも何かあったんじゃないのか？」

次郎の突然の問いに、一止が迷惑そうに眉《まゆ》をしかめる。

「普段は鈍感きわまりないお前が、妙なときに敏感になるものだな」

「昔っから世話焼きで面倒見のいいあいつが、一度も見舞いに来ないんだ。おかしいと思うさ」

「小野寺さんとよりを戻す戻さないの話で、なにやら面倒なことになっている。あの、図太い神経の持ち主が、ここのところ勉強会に顔をだしても、上の空だ」

小野寺誠《まこと》は、まどかが〝半年も前に振ってやった〟と言っていた、二年先輩の男性である。もともとは「有明寮」の出身であるから、一止と次郎は面識がある相手だ。その先輩が、二週間ほど前に、突然まどかの部屋を訪れたのだと言う。

最近、まどかの様子が変わったことは、辰也も気づいていたが、事情を知ったのは今日が初めてだ。

「小野寺さんというのは、そういう人なのか、栗原」

「そういう人というのは？」

「この大事な時期に、相手の生活をかき乱すようなことをする人って意味だよ。今は僕らにとってはもっとも大変な時期だ。本当に草木さんのことを大切に思っているなら、あと半年待てばいいだろう」

「驚いたな」

一止が軽く眉を動かした。

「珍しく辰也が怒っている」

言われて辰也の方がかえって戸惑った。

「別に怒っているわけじゃない。だいたい僕が怒ったって仕方のない問題だろう」

「その通りだ。よしんば小野寺さんがろくでなしであったとしても、誰かがお白州《しらす》に引き出して、島流しにしてくれるわけでもない」

一止の毒舌が今一つ切れが悪いのは、寮の先輩というつながりがあるからだろう。一止の立場からしてみれば、辰也の身軽さは持ちようがない。

「じゃあなんだ。結局、俺抜きで勉強会をしろって言っても、お前らふたりしかいないってことなのか」

次郎の呆れ声が、空《むな》しく天井に響いた。一止は座布団の上で黙って缶コーヒーを傾け、辰也は所在もなく窓の外を眺めるのみだ。

二階の次郎の部屋から見下ろす庭先には、数週前の夾竹桃が、今なお景気良く赤い色をふりまいている。寮内の妙に陰鬱な空気もおかまいなしに、いよいよ色鮮やかだ。

おもむろに一止が立ちあがり、次郎の額からずり落ちたタオルを手にとったのは、いつのまにか黒い巨漢が静かな寝息を立てていたからだ。さすがの次郎も、今回はよほど消耗しているらしい。

一止は、「手のかかる男だ」などとつぶやきながら、淡々とタオルを洗面器に浸し、しぼってそれを次郎の額に乗せる。そんな友の心配りを微笑とともに見守っていた辰也に、ふいに一止の声が届いた。

「帝都大学の研修コースに、合格したらしいな」

唐突な話である。

辰也は軽く肩をすくめて答えた。

「情報が早いね。先月、通知が来たばかりだよ」

「とりあえず、おめでとう、と言っておこう」

「ありがとう」と応じた辰也の声が、わずかに迷いを含んでいたことに、一止は鋭敏に反応した。

ベッドのそばに膝《ひざ》をついたまま、鋭い視線を辰也に向けた。

「まさかと思うが、行くか行くまいかで悩んでいるのではないだろうな」

「君はすごいな。僕の頭の中が見えるのか？」

冗談まじりの辰也の応答に、しかし一止は目もとに冷ややかな光を湛《たた》えただけだ。

「通知が来てから、一か月も黙っていたからまさかと思ったが、どういう料簡《りょうけん》だ？」

「貴重なチャンスだということはわかっている。だけど、どうしてもどこかに迷いがあるんだ」

「迷い？」

「うまく言えないんだけど……」

「如月か」

直截《ちよくさい》な一止の切り込みに、辰也はわずかに言葉に詰まった。

しばしの沈黙をおいて、ため息とともに答えた。

「自分の中で、思った以上に千夏の存在が大きくなっていた。そういうことだと思う」

「だから迷うと言うのなら、お前は三国一の阿呆だな」

悩んだすえに吐き出した言葉を、ばっさりと切り捨てられて、辰也はさすがに苦笑した。

「相変わらずはっきりと言うやつだ。僕は千夏を大事にしたいと思っているだけだぞ」

「阿呆め。お前の迷いは、論点そのものがおかしい」

「論点そのもの?」

「では聞くが、如月はそばに居てくれる優しい男なら誰でもいいと思って、お前と付き合っているのか?」

「そんなわけがないだろう、彼女は……」

「ならば」と一止の静かな声が遮った。

「しっかりと自分の足で自分の道を歩け。如月はそういうお前を選んだのだろう」

つと胸をつくような言葉であった。

淡々とした口調の中にも一本ぴしりと通った筋道があって、それがまっすぐに辰也の心に飛び込んできた。辰也は、黙って旧友を見返した。

やはりすごい男だ、というのが率直な感想であった。

答えは最初から辰也の中にあったのだ。おそらく誰かに背中を押してほしいと思っていただけであろう。そういう辰也の心情を正確にくみとって、遠慮のない一撃をくわえてくれる栗原一止という同期は、得難い存在であると痛感する。

もとより辰也には、一止に対して千夏を話題にすることに若干の気遅れがある。

昨年医学部を席巻《せっけん》した〝将棋部三角関係事件〟は、けして根も葉もない与太話ではなかったと辰也は感じている。おそらく一止は、周りが思うよりずっと深く千夏に対して心を寄せていたのではないだろうかと。

今では確かめるすべもなく、また確かめるべきではない話だ。

しかしそういう辰也の思惑や気遅れなど一切無視して、必要な言葉だけを、一止は投げかけてくる。

この男は確かに友だ、と辰也は胸の内で静かに頭《こうべ》を垂れた。

いつのまにか部屋の中が少し赤く染まっていたのは、傾いた日差しが室内を照らし始めたからである。窓外に目を向ければ、いつのまにか西の空は茜《あかね》色だ。

空に雲はなく、どこまでも眩い夕日の下には、同じ色に染められた勇壮な北アルプスの山並みが連なっている。その一角に、整った稜線《りょうせん》が印象的な、端正な姿の山が見えて、辰也はかすかに目を細めた。

有明山。

標高は二二六八メートルとけして高くはない。しかし姿が良いために、このあたりでは信濃富士と呼ばれている安曇野《あずみの》の名山だ。「有明寮」の名の由来でもあるその山が、今は紅に輝いてまるで北斎《ほくさい》の日本画のように美しい。

「ありがとう」などという軽薄な台詞《せりふ》を、辰也は口にしなかった。

ただ短く独り言のようにつぶやいただけだ。

「明日はきっと、よく晴れるね」

何事もなかったようにゴミを片づけていた一止は、肩越しに振り返り、眩しげに眼《め》を細めながら頷いた。


シゲさんが救急搬送。

そんなとんでもないニュースが医学部を駆け巡ったのは、九月も半ばを過ぎたある朝のことだった。

早朝の寮の階段で、散乱した医学書に重なるように倒れているシゲさんを、通りかかった寮生が発見したのだ。呼びかけても反応が弱く、意味不明の発言もあるために、ただちに救急車が呼ばれ、信濃大学医学部付属病院へと搬送されたのである。

医学部中を驚かせたこの事件が、千夏にとって、ひときわの大事件となったのは、シゲさんが辰也と勉強会をしている友人だったからではない。彼女がまさに救急部の実習をしているところに救急車が飛び込んできたからである。

折しも、当直実習で病院に泊まり込んでいた千夏が、ようやく夜明けを迎えて安堵《あんど》のため息をついたところであった。

救急車からの一報が入り、それが医学部「有明寮」からの搬送とわかって、一瞬、救急部全体がざわめいたが、現場にとって大事なのは、患者の身分ではなく病態である。頭部打撲、意識混濁あり、といった情報とともに、年齢を聞いた千夏は、どうもシゲさんではないかと思い当たったが、いざ救急車が到着してしまえば、あとはもう指導医に言われるままに駆け回るだけである。余計なことを考えずにすんだことは、千夏にとってむしろ幸いであったかもしれない。

「御苦労さま、千夏」

ぐったりとして救急部から出てきた千夏は、懐かしい声を聞いて顔をあげた。

救急部の通用口で、壁に身をもたせかけて手を振っていたのは、久しぶりに会う先輩のまどかであった。

「病院でシゲさんを迎えるなんて、あんたも災難ね」

そう言って、まどかは千夏を朝食に誘ったのである。

朝食と言っても、まどかが連れだした先は、大学病院裏手の、日当たりのよいベンチであるし、袋から取り出したのは、病院売店で買って来たサンドイッチである。そんなざっくばらんなまどかの態度が、しかし千夏にとってはむしろ有難い。まだ白衣も脱いでいない状態で、千夏は一息をついてハムサンドを受けとった。

「まどかさんが、シゲさんを見つけたんですか?」

「私じゃないわ。ふたつ下の後輩。だけどシゲさんとは同期だし、結構お世話になってきた人だからね。とりあえず駆けつけて来たの」

まどかは野菜ジュースにストローを突きさしながら、

「シゲさんの結果はどう?」

「頭部CTは問題なしで、とりあえず命には別条ないそうです」

「良かった。それさえ聞ければ充分よ」

「ただ血液検査で肝機能障害が結構強くて……」

千夏の言葉に、まどかは軽く眉を寄せる。

「お酒か……」

「多分……。それも昨日、今日の話じゃなくて、最近は朝からずっと飲んでたんじゃないかって、先生たちが言っていました。反応がなんとなく悪いのも、頭を打ったためというより酔ってるせいじゃないかって……」

「つまり、酒飲んで酔っ払ったあげく階段から転がり落ちて、倒れていたってわけね」

ひどいもんだ、とまどかが小さくつぶやくのが聞こえた。

最近シゲさんが、試験のストレスで飲酒量が増えてきている、という話は千夏も辰也から聞いていた。しかしこういう事件を起こすような状況にまで進展しているということは、さすがに予想だにしていなかった。

「シゲさんて、そんなに弱っていたんですか？」

「さあね、無責任な感じになっちゃって悪いけど、私もここんとこ、勉強会休みがちだったから……」

千夏が、思わず口をつぐんだのは、まどかの身辺についても、辰也からいくらか話を聞いていたからである。

「とりあえず経過観察入院？」

「はい、数日は入院で、血液検査を再検していくって言っていました」

「待つしかないってことね」

ほら早く食べな、とまどかは控えめに笑って千夏をうながした。

サンドイッチを頰《ほお》ばる千夏は、なんとなく辺りを眺め、病棟の裏側に広がるテニスコートに目を留めた。

生い茂る木立を背景に、手入れの行き届いた二面のコートが見える。元気な声をあげて駆けまわっているのは、一年生から四年生までのテニス部員たちだ。千夏にとっては、つい先日まで居た場所だというのに、ずいぶん昔のように感じられる景色である。

視線を止めた千夏に気付いて、まどかも目を細めた。

「懐かしいわね、あの空気」

「ええ、こうしてまどかさんと後輩たちの試合見るなんて、二年ぶりくらいですね」

「二年、か……」

まどかの声に重なるように、球を打ち返す気持ちの良い音が聞こえて来る。

「たかが二年の間に、ずいぶんいろんなことが起こるものね」

まどかの静かなそのつぶやきに、千夏は少しだけ間を置いて答えた。

「小野寺さん、帰ってきたんですね」

まどかが軽く苦笑する。

「進藤君から聞いたの？　あなたたちって、なんでも話しているのね」

「タッちゃんも栗原先輩もみんな心配していますよ」

「大丈夫。酒飲んで階段から落ちて救急搬送なんてされないから」

「当然です」

千夏の咎《とが》めるような声に、まどかは小さく肩をゆらして笑った。

まどかのかつての交際相手、小野寺誠は、千夏にとっても見知らぬ他人ではない。昔は、千夏も一緒になって食事や買い物に出掛けたことがあったのだ。

「飯田《いいだ》の病院に出てたんだけど、医局人事でこの九月から大学に戻ってきたのよ。戻ってきたとたん、いきなり寮までやってくるとは思わなかったわ」

「なんて言われたんですか？」

「よりを戻そうって言われた。やりなおそうってさ」

千夏はまるで自分のことのように、困惑顔になる。

「すごく急な話ですね」

「急な上に、勝手な話よ」

野菜ジュースのパックを飲みほすと、まどかはくしゃりと手の中でつぶしてしまった。

「なんて答えたんですか?」

「答えが出ないから、困ってるんじゃない」

ビニール袋からカツサンドを取り出して、無造作に食いつきながら、

「バカな話よね。愛想がつきて、ようやく別れて、気持ちなんてかけらも残っていないつもりでいたのに、顔を見たら、急にいろんなわだかまりが消えちゃった気がしてね……」

淡々と、ときおり考えるような間を挟みながら話すまどかを見返して、千夏は軽い当惑を覚えた。その瞳《ひとみ》には、同じ同性の千夏すら惹《ひ》きこむような、深く温かい光が溢《あふ》れている。

本当は、今もたくさんの想《おも》いを抱えたままでいるのだ。

そのことが千夏にもわかる。

「あのバカ、あんなへぼいサーブを見逃して……」

ふいにまどかが彼方《かなた》のコートに向かって、舌打ちをした。

思わず千夏は笑う。

コートで打ち合っているのは、四年生の二人だ。現在のテニス部の主力メンバーだが、まどかの目には、ずいぶんと頼りなく見えるに違いない。

〝鉄壁の草木〟。

それがテニス部時代のまどかの呼び名であった。

縦横無尽にコートを移動し、どんな困難なコースも確実に先回りして正確に打ち返し、徐々に相手を消耗させて自滅に導く、というのが彼女の戦い方であった。

派手な試合運びではない。むしろどこまでも静かなやり取りである。だがその背景には、まどかの驚くほど怜悧な観察力と先を読む洞察力がある。千夏も何度も対戦したことがあるが、とめどなく返されてくる打球を追い掛けていると、本当に壁に向かって打ちこんでいるような重い徒労感に襲われたものであった。

そんな心理戦を得意とした〝鉄壁の草木〟が、今はたったひとりの男性の登場に戸惑いを隠せないでいる。

千夏はハムサンドを飲み下して、口を開いた。

「がんばってください、まどかさん」

「がんばるったって、まだ何も決められないでいるのよ」

「でも、きっとまどかさんなら大丈夫です。苦しい試合なら、これまでだってたくさん乗り越えてきたんですから」

「試合ってあんたね……」

呆れ顔に笑いを交えたまどかは、どこか嬉しそうだ。

千夏は構わず、握った拳《こぶし》でとんと膝を叩いてから、

「それから、小野寺先輩のことだけじゃなくて、ちゃんと勉強もがんばってください。私、ま

どかさんと一緒に国試を受けたくなんかないですから」

「わかってるわよ。なんせ、あなたのタッちゃんからノートまで借りてるんだもの」

「ノートですか?」

まどかはカツサンドをくわえたまま、

「最近あんまり私が勉強会に来ないものだから、進藤君が虎《とら》の巻の自分のノートを貸してくれたの。最低限、これだけはとにかく頭に入れておけって」

初めて耳にする話に、ちょっと驚いた千夏は、いくらか微妙な顔になる。

「どしたの?」

「なんだかちょっと妬《や》けます。タッちゃんが私の知らない間に、まどかさんにノート貸してるなんて」

「あんたって……」

目を丸くしたまどかは、すぐに左手を伸ばして千夏の短い髪をくしゃくしゃにした。

「ほんっと、可愛いやつね」

「それってなんか、子供扱いしてませんか?」

「してるわよ。こんな可愛い女を彼女にしてる進藤君がうらやましくなるわ」

明るい声で告げて、まどかは立ちあがった。

「さて、シゲさんの無事も確認したし、たまには勉強するかな」

「たまにじゃだめですよ」

「はいはい、あんたこそ当直明けなんだから、早く寝なさいよ。徹夜は女の天敵なんだからね」

張りのある声でそんなことを告げると、さらりと背を向けて歩きだした。

暖かな木漏れ日の下、遠ざかっていく背中に向かって、千夏はかつてコートに立っていたときと同じように、丁寧に頭をさげた。


病棟一階にある売店の周囲は、昼下がりということもあって、人通りがにぎやかだ。

病衣を着た患者、その手を取る家族、花束をかかえた見舞客や足早に歩き過ぎていく医師、看護師と、多彩な人々が往来している。

その往来の中を静かに歩いてくる友の姿を見とめて、辰也は来客用のソファから立ち上がった。

「シゲさんは?」

「無事、内科病棟の病室に入った。今、眠ったところだ」

一止はポケットから二本の缶コーヒーを取り出し、一本を辰也に渡してその隣に腰を下ろした。辰也がシゲさんの救急搬送を知ったのは、つい昼前のことだ。一止からの連絡を受け、驚いてあとから病院に駆けつけてきたのである。

「頭部打撲については問題ない。慢性硬膜下血腫《まんせいこうまくかけつしゅ》に若干の注意が必要だが、当面は経過観察で良いそうだ」

一止は、かちりとコーヒーを開栓した。

「問題は肝機能だな」

「だいぶ悪いのか?」

「肝硬変まではいっていないらしいが、血小板はさがっている。先生たちの話によると立派な〝アル中〟だそうだ」

投げやりな一止の声に、辰也もため息をついて、窓外に目を向けた。

入り口の窓の向こうには、晴れ渡った空が見える。ふたりの間の沈鬱《ちんうつ》な空気など我関せずの、心地よい日和だ。

「シゲさん、そんなに参っていたのか……」

手元の缶コーヒーに視線を落としたまま辰也がつぶやいた。

一止は、ゆったりと缶を傾けて飲み、しばし沈黙したままだ。眼前を足早に看護師が通り過ぎていく。

「卒試が駄目だったんだ」

ふいの言葉に、辰也は友人を顧みた。

「小児科学と薬理学を落とした。追試もだめで、留年が確定した」

辰也はゆっくりと往来に視線を戻し、そのまま目を閉じた。

「知らなかったよ」

「私も知らなかった。ついさっき、シゲさん本人から聞いたばかりだ。いつもの控え目な笑顔で、黙っていてすいませんでした、などと言っていた。謝るくらいなら、もう少し早く言ってもらいたいものだな」

医学部は毎年のように数人の留年者が出る。

大学によっては二、三割は留年させるところもあるが、信濃大学はその点そこまで厳しくはない。だが規程の成績に達しないかぎり、とりあえず卒業、などということはあり得ない。その厳しさが、医師国家試験の高い合格率につながっているのだが、ともに歩んできた者が脱落していくという事実は、どうしても心の奥底に冷え冷えとしたものを感じさせる。

「せっかくここまで皆で一緒に来たのに、シゲさんとはお別れか……」

「お別れというなら、来年になれば我々だってお別れだ」

一止のさらりとした応答に、辰也は軽く眉を動かした。

「やっぱり本庄《ほんじょう》病院に行くつもりなのか？」

「とりあえず面接試験を受けることになった。合格するかどうかはまだわからんがな」

松本駅前にある本庄病院は、一般診療から救急医療まで幅広い領域を担う、地域の基幹病院だ。その役割ゆえに多忙を極める医療機関でもあるのだが、大学病院でも、東京の最先端病院でもなく、こういう道を歩もうとする一止の姿は、いかにも友らしいと辰也は思う。

「地域を支え続けてきた百戦錬磨《ひゃくせんれんま》の病院だよ。君を不合格にするようなヘマはやらないさ」

そんな言葉に、一止はにこりともせず、

「いずれにしても、このままいけば私は本庄病院、次郎は信濃大の外科、そしてお前は東京で、見事にばらばらだ。格別シゲさんとの別れだけを惜しんでやる義理もない」

「それもそうか」

辰也は苦笑する。

「今年の脱落だって、シゲさんだけとは限らない。存外草木などは、きわどい所にいる」

「そうだった」

ため息をつきながら、どっちにしても、と辰也は声音を落として続けた。

「寂しいものだね」

「……そうだな」

沈黙が訪れた。

ふいに往来の騒がしさが、より増したように思われた。

エレベーターの前でがやがやと何事か話し合っているおばさんたちがいる。

花屋の店頭で、気難しい顔で立ち尽くしている男性がいる。

頼りなく松葉杖《まつばづえ》をつく少女、車椅子《くるまいす》のお爺《じい》さんとそれを押す看護師。血の気のない顔で足早に過ぎていく白衣の青年は、研修医であろうか。それぞれの人生がそれぞれに交錯し、再び去っていくのが病院という場所だ。だがそれぞれに去っていく、という意味なら、こうして眺めている辰也たちも同じであろう。

「君の言ったとおり、自分の道を自分の足で進んでいくしかないんだな」

辰也の一言に、しかし返答はない。

おや、と辰也が傍らを見ると、一止がいつになく驚いたような顔で、遠くを見つめている。

視線の先は、売店の脇にある職員用の薄暗い廊下だ。その少し奥に、親しげに言葉を交わし合っている男女が見えた。

背の高い医師と、若手の看護師だ。医師の方は整った顔立ちに爽《さわ》やかな笑みを浮かべた好青年で、それを看護師の方は無警戒な笑顔で見上げている。

ただの職員同士というにはいささか近すぎる距離感だ。さりげない動作のところどころで、二人の手が触れ合うのが目に痛い。

「覗《のぞ》き見はよくないね、栗原」

苦笑まじりに辰也は、手元の缶コーヒーに視線を戻しながら続ける。

「あまり褒められたものじゃないけれど、咎めだてをするほどのことじゃない」

「小野寺さんだ」

一止の返答に、辰也は一瞬間をおいてから、友を顧みた。

「草木さんの部屋に来た小野寺さんのほかに、別の小野寺さんがいるのか?」

「私が知っているのは、『有明寮』の先輩である小野寺誠さんただひとりだ」

冷然たる一止の応答に、辰也はにわかに言葉が出ない。

辰也は、やがて軽く額に手を当てて、

「草木さんは、あの人のことで、悩んでいるんだと聞いていたけど……」

「そのはずだが、世の中には我々の知らない哲学のもとに生きている人もいるからな」

「知らない哲学ね……」

小さくつぶやいた辰也は、そのまま黙って職員用廊下に目を向けて、眉を寄せた。

そんな辰也の胸中を汲《く》み取ったように一止が口を開いた。

「なんにしても、ほんの覗き見の一場面だけを見て、人を判断するものではないぞ、タツ」

「ではそうならないためにも、はっきり確かめた方がいいか?」

立ち上がりかけた辰也を、一止が珍しく慌てて止める。

「お前の正義感も、こういうときは考えものだ。相手が悪い。さっきも言ったが小野寺さんは私にとっては寮の先輩だ」

「君にとってはそうでも僕にとっては関係ない。なにより草木さんは千夏にとって一番大切な先輩だ」

「わかった。わかったからとりあえず……」

「なんだ、栗原じゃないか!」

唐突な明るい声は、通路から出てきた小野寺さん本人の声だった。激論の渦中の本人が、爽やかな笑顔とともに歩み寄ってくる。

軽く舌打ちした一止は、「とにかく黙っていろ」と囁《ささや》いてから、のそりと立ち上がって一礼した。

「シゲさんが救急搬送されたってな。聞いたぞ」

一止の当たり障りのない挨拶《あいさつ》に、小野寺さんは心配そうな顔でそんなことを告げた。

少し深みのある低い声、明るい瞳、余裕のある物腰。たしかに魅力的な男性だと、辰也は当惑を禁じ得ない。

そんな小野寺さんに、一止は淡々と答え、当たり前のように辰也を紹介する。

「シゲさんは、ちょっと不器用だけどいい人なんだ。よろしく頼むよ、進藤君」

そんな言葉を、嫌味のない自然体で口にする。先ほどの光景とのギャップが著しい。

一止は相変わらず完璧《かんぺき》な社交辞令で対応しているから、このまま素知らぬ顔で撤退するつもりであろう。

しかし、それを見守る辰也の心情は、穏やかでない。

こういう問題は、一止の言う、見て見ぬふりが穏当なのだという理屈はわかる。しかし、と沈思する辰也の脳裏に、千夏の明るい笑顔が浮かんだ。

千夏ならどうするだろうか。

そう考えたとき、辰也はほとんど無意識のうちに口を開いていた。

「小野寺先生」と遠慮がちに告げた辰也に、先方は笑顔を向ける。

目で威嚇している一止を無視したまま、辰也は、そっと微笑を浮かべて、先刻の職員用通路を目で示した。

「あそこ、結構見えますから、気を付けてください」

「お」と軽く目を見開いた小野寺さんは、すぐに苦笑を浮かべた。

「やべ、見られちゃったか。気をつけるわ」

へへっと笑う姿には悪びれる様子は微塵《みじん》もない。

「可愛らしい看護師さんでしたね。彼女さんですか？」

「彼女？　そんなもん作らないよ。せっかくの楽しい医者生活が身動きとれなくなるじゃん」

傍らの一止がかすかに頬をひきつらせたことに、小野寺さんは気付かない。

「女の子との付き合いは、〝広く、深く、楽しく〟が俺のモットーだからさ」

少年のような無邪気な笑顔でそう告げると、小野寺さんは「じゃあまたな」と手を上げて去って行った。広い背中は悠々と廊下を渡り、はるか向こうの角に白衣を翻しながら消えて行った。

「医学部の良心と言われたタツにしては……」

一止がいくらかくたびれた調子で口を開いた。

「ずいぶん作為的な話術だったな」

「覗き見の一場面だけを見て、人を判断するわけにはいかないからね」

思いのほかに冷ややかな辰也の声に、一止はため息をつく。

「言ったはずだ。世の中には、我々とは違う哲学で生きている人間もいる」

辰也は答えない。

「何を考えている？」

「何も考えてなどいない」

辰也は、廊下の彼方を見つめたまま、抑揚のない声で答えた。

「頭に来ているだけだ」

いつのまにか時刻は午後となり、いくらか人通りの減ったロビーの片隅で、二人の医学生はしばし言葉もなく立ちつくしていた。


辰也が怒っている。

一止と次郎にとって、これはなかなか珍しいことである。と同時に、いささか怖いことでもある。

「よりによってこんなタイミングで、聞きたくない話だったなぁ、そりゃあ」

「有明寮」の次郎の部屋に響く太い声も、心なしか遠慮がちだ。

その日、一止と辰也が、あからさまに憂鬱な空気を背負って寮に姿を見せたのは夕刻のことだった。ふたりして大量の缶ビールをぶら下げて戻ってくると、そのまま問答無用で次郎の部屋に乱入し、酒盛りが始まったのである。

夏風邪から回復してからはむしろ体力を持て余しぎみだった次郎は、願ったりと大喜びをしたのもつかの間、辰也の機嫌の悪さにいささか閉口している。

「小野寺さんて、確かにそういう噂《うわさ》はあったからなぁ」

次郎のつぶやきに、酒を飲んでいくらか顔が白くなった辰也が眉を寄せた。

「そういう噂？」

「先輩たちが小野寺さんの女関係を、酒の肴《さかな》にしているのを聞いたことがある」

「有名な話なのか？」

「そうでもない」と口を挟んだのは、一止だ。

「あちこちに噂の断片はあるが、真実は闇《やみ》のなか。尻尾《しっぽ》をつかませないという意味では、よほど立ち回りがうまいのかもしれんな」

辰也の機嫌をなだめたい心持ちがあるだけに、今夜の一止はいくらか多弁である。

「いろいろと問題のある人だが、頭は切れるし、後輩の面倒見もいい。私も寮に入ったころはお世話になった」

「おまけに背は高くって男前、笑顔も話術も隙《すき》がないとくれば、女の子が集まるのも当然だよ」

ぐびぐびと次郎はその日四本目の３５０㎖缶を傾けている。

「草木さんは何も知らないのか？」

「何も知らんということはあるまい。半年前に別れたのも、飯田の病院で小野寺さんが浮気をしたためだという話だ。だがあそこまで度を越した人だとは知らんのかもな」

深々とため息をついてから、一止は辰也に目を向けた。

「草木の部屋に、御注進と駆けこむか？」

無造作に放《ほう》りこまれた爆弾に、次郎がひやりとしたように肩をすくめた。

「有明寮」は、最上階の五階が女性寮である。原則的に五階には男子学生の出入りは禁止だが、検問があるわけではないし、女子学生の方には行動制限はないから、呼べば次郎の部屋にだって顔を出すことができる。

壁に身を預けたまま静かな目を向ける一止と、缶ビールに口をつけたまま上目づかいにそれを迎え撃つ辰也の間に、声にならないなにものかが往来する。

「そうしたいところだが……」

先に口を開いたのは辰也の方だ。

「君たちが無関心を装うものを、ひとりで大騒ぎするわけにもいかないだろう」

そのまま一気にビールを空けて、

「見守ることにする」

あっさり告げた辰也は、もう面倒くさくなったと言わんばかりに、次の一缶を手にとって背後の座布団に身を投げ出した。のみならず、もうこの話は終わったとばかりに取り出した携帯電話を手元でもてあそび始めた。

一止としてはむしろ拍子抜けだ。

「おもいのほか、割り切りがいいな」

缶ビールをつかんだままの一止は、まだ警戒を解かない。

「お前のことだから、私や次郎が止めたところで、草木の部屋まで乗り込んで行くのかと思っていたが……」

「小野寺さんに義理があるといったのは、一止の方だろう。いくら僕が知り合いじゃないとはいっても、僕が大暴れしたせいで君たちのその、〝取ってつけたような義理〟に迷惑が及ぶのは本意じゃないさ」

普段は穏当な人間だけに、その言葉の毒はひときわで、次郎は軽く引きつっている。

「草木さんだって、強い人だ。君たちの言う通り、あまり男女の問題に外から口を挟むものじゃない。言いたいことは山ほどあるけど、君たちが、〝見当違いの良識〟を発揮して沈黙すると決めたものを、ひとり勝手に騒ぎ立てるわけにはいかないだろう」

携帯から顔も上げずに、また缶ビールを傾けて、

「まあ、草木さんの身になってみればずいぶん辛い話だけど、そういうことに君たちが納得しているんなら、寮生でもない僕には何も言うことはない」

「ちょっと待て、タツ」

思わず知らず応じたのは一止である。

「納得したとは言っていない」

「納得もしていないのに、それだけ冷静でいられるのはたいしたものだね。〝情に棹《さお》させば流される。〟君の好きな『草枕』を実践しているわけだ」

辰也は酒を飲むと色が白くなるタイプである。その血の気の引いた青い顔で、淡々と毒を吐く様は、ときに一止の毒舌より毒である。

「私は小野寺さんには世話になったことがあるから、告げ口をするような不義理はしたくない

と思っているだけだ。あの品のない所業に納得していると思われるのは不本意だ」

「品のない所業を見て見ぬふりをするのも、ずいぶんと品がないじゃないか」

「品がないからと言って不義理が通るわけではない。私とて、小野寺さんが何の縁もない人間なら、とうに草木の部屋に乗りこんで、屑《くず》っぷりを演説してやってもいいくらいだ。屑と復縁するなど、自らゴミ収集車に乗りこんで焼却場に行くようなものだとな」

「おいおい落ちつけ、一止」

次郎が黒い手を伸ばして制した時には、いつのまにか携帯電話をしまった辰也が、白い頬に苦笑を浮かべて見返していた。

「少し、安心した」

辰也の穏やかな声に、一止は小さく舌打ちした。

「勝手な男だな」

「君たちがあんまりおとなしいのが悪い。本音が聞けて安心した」

辰也のそんな言葉に対して、一止も格別、驚いた様子もなく応じる。

「せっかく建前の門扉を閉じて、本音を奥座敷に閉じ込めているというのに、門扉も木戸も取り払って上がりこんでくるなど、野暮なことこの上ない男だ」

にわかに冷静な言葉を交わすふたりを見て、次郎は呆れ顔だ。

「なんだよ、びっくりさせんなよ。本気で喧嘩《けんか》始めたのかと思ったじゃねえか」

「次郎、呑気《のんき》な顔をしているが、お前だって私と同じ品のない傍観者だ。部外者ではないのだぞ」

「そりゃわかってる。だからとりあえず、まどかちゃんが、いつかちゃんとした人に出会えるように祈ることにする」

ぱんぱんと手を当てて、次郎はおおげさに天井に向かって祈りを捧《ささ》げている。

辰也は笑って、缶ビールを一止の前に掲げて見せた。もう一度小さく舌打ちした一止はそれでも黙って自分の缶をかちりと辰也の缶に当ててから、これに口をつけた。

ちょうどそのタイミングで、とんとん、とドアをノックする音が聞こえ、次郎の返事とともに扉が開いた途端、三人が三人とも凍りついた。

「なに？　どうしたの？」

ひょっこりと顔を見せたのは、噂の渦中の草木まどかであったのだ。

微妙な空気の室内を、不思議そうな顔で眺めまわす。

「なんだか、ずいぶん楽しそうにやってるじゃない、なんの宴会？」

「宴会って言うほどのもんじゃねえよ」と部屋の主人の次郎が慌てて答える。

「それよりまどかちゃんこそ、俺の部屋に来るなんて珍しいじゃねえか」

「進藤君に借りてたノートを返そうと思って来ただけよ。ここで飲んでるって聞いたから」

うわっ、汚い部屋、といつもの無遠慮な声が降ってくる。

次郎はひきつった笑顔で「いやあまあ、悪いね」などと不自然きわまりないリアクションをしているが、まどかは格別気にも止めない。

「進藤君、ありがと。とりあえず全部コピーしたわ」

自信満々でそんなことを言うまどかに、辰也は白い顔ですぐに笑い返した。

「コピーしたからって頭に入るわけじゃない。最低限の知識を書いてあるんだから、全部丸暗記が必要だよ、草木さん」

「了解、そのつもりよ」

肩をすくめてから、一止に目を向けた。

「勉強会って、また朝九時よね」

「来られるのか?」

思わず問うた一止に、まどかは軽く眉を動かす。

「なんで?　行っちゃだめなの?」

「無論そんなことはない」

珍しく慌てる一止に、辰也はすぐに助け船を出した。

「明日の九時だよ。シゲさんは来られないけど、とりあえず四人で続けよう」

「了解。じゃ、よろしくね」

言ってパタリと扉が閉じ、一挙に室内の緊張がゆるんだ。

「今日は仏滅かなにかか?」

ようやく一止がそんなことを言う。

「朝から驚かされっぱなしでいい加減、心臓に悪い」

「同感だね。シゲさんに、小野寺さんに、草木さんときた。この分じゃまだあるかな」

「冗談じゃねえよ」とぼやいた次郎は、しかし幾分心配そうな目を扉へ向けた。

「まどかちゃん、このあとひと波乱来るのかな？」

一瞬の気づまりな沈黙を、一止がそっとおしのけるように告げた。

「来るのかもしれんし、来ないのかもしれん。だが我々にできることがあるとすれば、こうして酒を飲んで、草木の分まで毒を吐いてやることくらいだ」

「だから」と辰也が缶ビールを持ち上げた。

「飲み直すとしようか」

一止が黙然と、次郎がいたずらに景気良く、それぞれ缶ビールを掲げて見せた。

「乾杯」と三人の声が室内に和す。

いつのまにか日は落ちて、窓外からかすかに聞こえて来るのはヒグラシの声だ。

いささか時期遅れの涼しい声が、静かな秋の日の暮れを歌い上げていた。


白樺峠《しらかばとうげ》に行こう。

千夏が辰也から、そんな唐突な声を聞いたのは、九月末のある週末のことであった。

白樺峠などと言われても、千夏にはそれがどこかもわからない。ただ〝君を連れていきたい場所だ〟という辰也の声を聞けば、千夏にはそれがどこでも構わない。

辰也の案内するままに早朝六時に松本市街地を出たジムニーは、上高地へつながる国道158号を西進した。一時間ばかり国道を進んでから脇道に逸れ、さらに山中へ分け入り蛇行する林道をゆくこと一時間。「白樺峠」の札の立った小さな駐車場には、人里離れた奥地だというのに存外に車の数が多い。

車を降りた辰也は多くを説明せず、朝の陽光の差し込む山道へと千夏を導いた。

足下には熊笹《くまざさ》がしげり、辺りは白樺の生い茂る緑豊かな登り坂だ。道そのものは狭くとも比較的整備が行き届いている。

「大丈夫か、千夏」

辰也が振り返って告げたのは、そんな山道に入って十分ばかりが過ぎたころだ。

秋の山中はずいぶんと涼しいが、晴れ渡る陽《ひ》ざしが白樺の葉をすかして歩路を照らし、少し歩くとうっすらと汗がにじむほど暖かい。

「誰に言ってるの、タッちゃん。こっちはテニス部のエースよ」

「そうだった」

笑って辰也はまたゆっくりと歩きだす。

基本的にインドア派でほとんど運動などしていないように見える辰也だが、こうして歩いてみると、意外な頑健さが見える。千夏は、そのゆったりとした背中を見上げながら、また足を進めていく。

「まどかさんが、タッちゃんにありがとうって」

千夏のそんな声が、白樺の森に響いた。

辰也は振り返ることなく答える。

「怒っていなかったかい？」

「怒ってなんかいない。むしろ、みんなの本音が聞けて良かったって言ってたわ。栗原先輩も砂山先輩も、ちょっと変わったところあるけど、面白半分に人の悪口とかは言わない人たちだから」

木々の間から明るい木漏れ日が落ちて来る。

その光を目で追いながら、千夏は数日前の、まどかからの電話を思い出していた。

〝進藤君にありがとうって伝えて〟

唐突な夜の電話で、まどかは静かな声で、千夏にそう言ったのだ。

返答に窮する千夏に、まどかは丁寧に説明してくれたものであった。

シゲさんが救急車で病院へ運ばれた日の夕方、突然、辰也から携帯電話にメールが来たのだと言う。

〝砂山の部屋にいるから、この前貸したノートを返しにきてくれ〟と。

妙なメールだと思ったものの借りているものは返さねばならないと思って次郎の部屋に出掛けて行ったまどかは、廊下で、部屋の中から聞こえて来る一止や次郎の話を聞いてしまったのである。

話の内容は衝撃的なものであった。にもかかわらず、それはまどかにとって、まったく予想外の事柄ではなかった。むしろ予感のあった内容であった。

しばしば耳にする小野寺誠の評判。それはいいものと同じくらい悪いものがあった。その後者について、まどかが耳を傾けなかったのは、世評というものをまどかがあまり信用していなかったということ以上に、やはり心のどこかが冷静ではなかったということであろう。

「必ずしもいいことをしたと思っているわけじゃないんだ」

頭上から降ってきた辰也の声に、千夏は顔をあげる。

「だけど、やっぱり見て見ぬふりはできなかったんだよ」

本当に、優しい人なのだ、と千夏は思う。

そういう優しい心で、この嫌な役回りを演じた辰也は、きっと千夏が思う以上に色々なことを考えたに違いない。

「きっと栗原先輩や砂山先輩だって、このこと知ったとしても怒らないと思うよ」

「ありがとう、千夏。だけど砂山はともかく、栗原はたぶん気付いているよ」

え？　と千夏は顔をあげる。

と同時に、急にあたりが明るくなったのは、白樺の林を抜けたからだ。少し開けた斜面は、人の手によって刈られたものであろう。草地の所々に、程よく置かれた丸椅子のような切り株が見える。一帯には、燦々《さんさん》と秋の朝日が降り注ぎ、少し汗ばんだ背に涼風が心地よい。

足を止めた辰也の傍らに立った千夏は、促されるままに背後を振り返って、軽く目を見張った。

堂々たる巨大な山稜がそこにあった。

少し丸みを帯びた独特の緩やかな稜線はどこか優しげで、無骨な北アルプスの山並みとは少し印象が違う。九月の降雪前だというのに、山肌のそこかしこに白い万年雪を抱《いだ》き、蒼天《そうてん》の下、山の神が悠々とくつろいでいるかのようだ。

「乗鞍岳《のりくらだけ》だよ」

「乗鞍？　こんな近くで見るの初めて……」

「独立峰とはいえ、ほとんど北アルプスの山々に囲まれているからね。こうして間近でひとつの山として見える場所は意外に多くない」

淡々と答える辰也は、しかしどこか楽しそうだ。

元来が信州生まれの辰也は、山が好きなのである。

しばし見とれていた千夏は、辰也が再び歩きだしたのに気付いて慌ててあとを追いかけた。

「栗原先輩が気付いているってホント？」

「あの日の夜、帰り際に言われたんだ。〝器用なことをする男だ〟って」

千夏は軽く瞬《まばた》きをした。

「怒ってたの？」

「そういうわけでもない」

辰也は微笑した。

あの夜、珍しく寮の玄関先まで見送りに出てきた一止が、前置きもなく、ぼそりとつぶやくように告げたのだ。

〝まったくお前は、器用なことをする男だ〟と。

その友が、かすかに笑っていたことも辰也は知っている。

余計なことを一止は何も言わない。だから辰也も何も答えない。それで良かったのだと思っている。

「こんにちは」とふいに明るい声が聞こえたのは、斜面を下ってきた人がいたからだ。

大きなカメラをかついだ大柄な男性だ。

二人して会釈をかえしてさらに進むと、やがて広々と開けた東向きの斜面に出た。

千夏が驚いたのは、静かだった山道の奥に、大勢のカメラを据えた登山者を見たからだ。大小様々なカメラを三脚に乗せたり首にさげたりした二十人ほどの雑多な人たちが空にレンズを向けている。

なんの騒ぎかと千夏が見回したところで、ふいに、わあっと歓声があがった。

カメラが一斉に南の空に動き、同時にシャッター音が鳴り響く。

レンズの先に目を向けた千夏は、大きく目を見張った。

悠々と翼を広げた鳥が、大きな円を描きながら空に昇っていくのだ。一羽ではない。五羽、六羽と舞い上がる翼が見える。

「サシバじゃないか」

「成鳥だな」

そんな声がカメラマンたちから聞こえて来る。

「鷹渡《たかわた》り、というんだ」

額に手をかざし空を見上げたまま、辰也が告げた。

「鷹渡り？」

「夏を北日本や信州ですごした鷹たちが、冬の訪れの前に一斉に南に渡り始める。そのコースの途上、北アルプスを越えるポイントが、この白樺峠なんだよ」

千夏は目を細めて天をあおいだ。

大きな黒い羽を広げた鷹が、上昇気流を捕まえたのであろう。また一羽ゆったりと羽ばたきもせず上昇していく。しばし昇ると、にわかに円をはずれて西の空へと真《ま》っ直《す》ぐに消えていく。眩い陽ざしを受けた羽は、ときおりその輪郭が白く鮮やかに光って見える。まるで羽そのものが輝いているようだ。

ふいに、おおっとまた歓声があがったのは、今度は驚くほど間近の距離を一羽が矢のように過ぎて行ったからだ。とがったくちばし、黒々とした羽、そして地上の人々を睥睨《へいげい》するかのような大きな目までが、千夏にははっきりと見えた。その鋭い眼光は、いかにも空の王者といった堂々たる風格である。

千夏はただ声もなく空を振り仰ぐばかりだ。

「千夏が言っていただろ。どこか一緒に行きたいって。遠くへ行けるわけじゃないからどうしようかと思っていたんだけど、こういう景色なら、千夏と一緒に見たいって思ったんだ」

千夏はすぐには答えなかった。

二か月前、勢いに任せて口にしただけの我儘《わがまま》を、辰也はしっかりと覚えていてくれたのだ。そうして色々考えた末にこんな不思議な場所に連れてきてくれる。そんな辰也の優しさが、ちょっと胸が熱くなるくらい、嬉しかった。

「おまけに今日は当たりだよ。こんなに次々と飛んでくる日は珍しい」

辰也の穏やかな声が心地よく響く。

「ハチクマという鷹の中にはね、この白樺峠を越えてから、日本を縦断し、海を渡って大陸を南下したあと東南アジアまでいくものもいるという話だ」

「東南アジア?」

「移動距離はゆうに一万キロを越えるらしい」

「一万……」

千夏は呆気《あっけ》にとられる。

「自分の羽と上昇気流だけを頼りに、何千キロという距離を飛び続けるんだ。孤高の旅人、空の勇者、そんな風に言う人たちもいる」

千夏は声もなく空を見上げていた。

ここから列島を縦断し、はるか海の向こうまで飛んでいく。

そういう目で見ていると、円を描いて昇っていく鷹たちの姿が、まるである種、荘厳な儀式を演じているかのようにさえ見えてくる。それは旅立ちの儀式であり、同時に、別れの儀式でもあるだろう。

「東京に行こうと思う」

ふいの辰也の声に、千夏は驚かなかった。

それどころか、辰也が話すタイミングまでわかっていた。

「帝都大学で研修医をやる。しばらく会えなくなるけど、待っていてほしい」

あいかわらず優しい声だと、千夏は微笑《ほほえ》んだ。

「よかった……」

「よかった?」

「本当はタッちゃんが残るって言ったらどうしようかって思ってたの。でもやっぱりタッちゃんはタッちゃんだね」

千夏は空を見上げたまま続ける。

「『有明寮』って、なんで『有明寮』って言うか知ってる?」

唐突な問いかけに、辰也は軽く首をかしげた。

「安曇野の有明山だろう。信濃富士って言われている……」

「それも関係ないことはないけど、本当は違うんだって、まどかさんが言ってた」

以前に、まどかが寮生に伝わる「有明寮」の由来を話してくれたことがあったのだ。

「有明って〝夜明け〟って意味でしょ。だから、『有明寮』は医学部生にとっての夜明けって意味なんだって。みんな医者になることがゴールみたいな気持ちで勉強するけど、本当は医者になったところが夜明けで、一日はそこから始まるんだってまどかさんが言っていた。昔はぴんと来なかったけど、今はよくわかる」

「夜明けか……」

「そう、だからタッちゃんは出発してくれていいの。私も必ず追いかけていくから」

ちょっと言葉を切ってから、千夏はすぐに、はっきりとした口調でつけくわえた。

「私も帝都大学を受けることにしたわ。絶対合格して、タッちゃんのあとを追いかける」

見返せば、珍しいほど驚いた辰也の顔に出会った。

こんなに驚かせることができたのは、いつ以来だろうかと考えて少し笑ってしまう。

「追いかけていったら邪魔？」

「邪魔なものか。だけど、大変だぞ」

「それはタッちゃんも同じでしょ」

千夏はまた空に視線を戻す。

しばし千夏を見守っていた辰也も、やがて天を振り仰いだ。

「厳しい道のりになるよ、千夏」

「わかってる」

「途中で引き返すのも容易じゃない」

「それもわかってる」

「じゃあ」と辰也が一度言葉を切ってから続けた。

「再来年、向こうで会えたら、結婚しよう」

鷹柱《たかばしら》だ！　と何人かの声が重なって聞こえた。

同時に一斉にシャッターの音が広がる。

東の上空に十を越える鷹たちが、大きな見えない階段を登るように舞い上がっていく。

間近の男性が、今日は大当たりだな、と隣の女性に告げているのが聞こえた。

「聞こえた？　千夏」

辰也が少しだけ遠慮がちに問うたのは、返答がなかったからだ。

見返せば、頬を上気させた千夏がじっと空を見上げたまま動かない。

「千夏？」

「うん」とようやくうなずいた千夏の目に、にわかに溢れだすものがあった。

視界が曇って、喉《のど》が熱くなって、うまく声が出せないまま、それでも千夏は辰也に向かって微笑んで、もう一度、今度は大きくうなずいてみせた。

辰也の大きな腕が、そっと千夏の肩を抱く。

「待ってる、千夏」

その声を、千夏は宝物のように胸の奥にしまった。

晴れ渡った青空に、鷹が昇る。

何羽も何羽も、悠々と舞い上がり、そして見極めたそれぞれの道へ力強く旅立っていく。

「待ってて」

千夏の声もまた、吸い込まれるように空高く昇っていった。

彼岸過ぎまで

『24時間365日対応』

そう書かれた大きな赤い看板が、本庄病院の正面ロータリーに姿を現したのは、ある梅雨の夕暮れ時であった。

看板そのものは、まだ組み上げられた鉄パイプの足場の中にあり、部分部分に作業用のブルーシートもかかっている状態だが、わずか一週間前には数本の花水木が並んでいただけのロータリーであっただけに、唐突な人工物のインパクトは大きなものだ。

夕刻の通り雨でひととおり洗われた赤い看板は、日没とともに点灯しはじめた作業用照明を受けて、妙にまばゆく輝いている。

「大風呂敷《おおぶろしき》を広げたもんだなぁ……」

総合医局の二階の窓際に立ったまま、板垣源蔵《いたがきげんぞう》は恰幅《かっぷく》のいい腹を揺らしてつぶやいた。呟《つぶや》きとともに、くわえたままのマイルドセブンの白い煙がふわりと立ち上がる。

夜七時過ぎとはいえ、窓から見下ろす正面ロータリーでは、見舞客らしいいくつかの人影が興味深そうに工事現場を見上げている。松本盆地一帯の救急患者を引き受ける本庄病院では、夜半になっても、相応に往来があるのだが、いつもは足早に過ぎていく人々も、にわかに現れた真っ赤な闖入者《ちんにゅうしゃ》に、戸惑いを隠せないようだ。

「本当に、建てちゃうんですね、あの看板」

背後から聞こえた声に板垣が振り返ると、ひょろりと痩《や》せた医師が穏やかな笑みを浮かべて立っている。

内科副部長の内藤鴨一《ないとうかもいち》である。内科部長の板垣にとっては、臨床現場における片腕であるとともに、本庄病院を二十年近くも支えてきた戦友でもある。

「夜の七時に医局にあがってこれるってのは珍しいな。内視鏡は終わったのか？」

「予定の検査は終わりました。あとは三十分後に安曇村から到着予定の、吐血患者の胃カメラが一件」

板垣は苦笑する。

「御苦労さん」

「いつものことです。部長先生こそ会議会議で、病棟回診はまだでしょう？」

「なに、会議なんて気楽なもんさ。座ってコーヒー飲んで、難しい顔をしていればいい」

「だといいんですが……」

にこにこ笑いながら、内藤は医局のキッチンで茶袋を取り出して急須《きゅうす》に入れる。

「乾《いぬい》先生の怒鳴り声、外来まで聞こえてきましたよ」

板垣は、片眉《かたまゆ》を動かして口をつぐんでから、やがて観念したように苦笑した。

「なんて聞こえた？」

「アホンダラ、イテコマスゾ、と」

「ひでえな」

板垣は苦笑するしかない。

ぽくぽくと茶を注《つ》ぎながら、内藤が笑う。

「乾先生は、新しい事務長殿にだいぶお怒りのようですね」

「理念の相違ってやつだよ、あれは」

ため息をつきながら、窓際を離れた板垣はソファの上にどっかりと腰を下ろした。

「乾の親分は根っからの町医者で、あの事務長の方は、赤字の病院経営を立て直すために、ヘッドハンティングされてきた生え抜きのエリートだ。診療第一の親分と、金銭勘定が仕事の事務長が、仲よくできるはずもねえわ」

ふわりと煙を吐き出す板垣の前に、内藤が二人分の茶を持ってきて腰を下ろす。

「それに乾先生としては、今年度で退職が決まっている身ですからね。長年勤めてきた本庄病院が、わずか一年前に赴任してきた事務方の手で変えられていくのは、見過ごせないのでしょう」

「そういうこと。本庄を心配してくれるなら、開業なんてやめりゃいいのにな。だいたい乾の親分がいなくなったら、あの金庫番を抑える仕事が俺の方に回ってきて……」

板垣がふいに口をつぐんだのは、医局の扉が音もなく開いたからだ。

姿を見せたのは、黒いスーツに、分厚い黒ぶち眼鏡をかけた小男だ。もともと陰気な風貌の上に、眼鏡の奥の小さな目には感情の読めない冷たい光を湛《たた》えているから、お世辞にも好印象とは言い難い。噂《うわさ》の渦中の金庫番、事務長の金山弁次《かなやまべんじ》である。

「や、事務長、さっきは会議、御苦労さん」

金庫番呼ばわりなど素知らぬ顔で、板垣が陽気な声をあげる。

金山の方は、無感動な瞳《ひとみ》で一瞥《いちべつ》をかえしただけだ。格別不機嫌なわけではない。四六時中こういう男なのである。

「板垣先生」

金庫番の口から抑揚のない冷ややかな声が聞こえた。

「なんだい、事務長。乾の親分に怒鳴られたことなら気にするなよ。切れやすいが冷めやすいのがあの人だ。本庄一の瞬間湯沸かし器だからな」

「院内は禁煙です」

返答は短く、そして冷ややかだ。

板垣の太い眉が軽く引きつる。

「堅苦しい会議が終わったばっかだ。一本くらい……」

「もう一度言いましょうか、板垣先生」

「……わかったよ、喫煙所に行きゃいいんだろ」

呆《あき》れ顔で立ち上がろうとする板垣に、金山の声が続く。

「喫煙所はなくなりました」

「ん……？」

「病院の敷地内は全面的に禁煙です。先月の診療部会議でアナウンスしたはずですが」

あ、とつぶやく板垣に構わず、ところで、と金山は医局内を見まわした。

「乾先生はいらっしゃいますか？」

「帰ったようですね。今日は大声を出し過ぎて疲れたと言っていました」

内藤の冗談まじりの応答にも、金山はにこりともしない。

「そうですか、では失礼します」

完全に形式的な一礼をして医局を出て行った。

あとには、くわえ煙草《タバコ》のまま天井を見上げる板垣と、苦笑を浮かべる内藤がいるばかりだ。

「……あれじゃ乾の親分じゃなくても、うまくいかねえわな」

「同感ですね」

笑った内藤はひとくち茶を飲むと、

「部長先生、火傷《やけど》しますよ」

ん？　と板垣が顔を動かした途端、なかばまで灰になった煙草がくずれ、その鼻っ面に降りかかった。
あちち、と飛び起きる板垣の声に重なるように、救急車のサイレンが近づいてくるのが聞こえて、では、と会釈をした内藤が立ち上がった。

板垣の外来は、予約患者だけでも一日四十人を越える。二十年近くもひとところで地域に溶け込んでいれば抱える患者も増えるから、こういうことになる。

ひとり五分で診察しても三時間以上かかる計算だが、そこに新患患者をくわえても、午後二時には確実に終わらせてしまうのは、板垣ならではの要領だ。午後は午後で内視鏡検査があるから、時間がずれ込むことが原則的に許されない状況なのだが、そういう焦りを微塵《みじん》も見せることもない。

豪快な笑顔と悠々たる言動を保ったまま、途中、トイレにも立たず食事もとらない。外来の看護師や秘書たちの方が疲れ切ってしまうくらいだが、最後まで板垣の愉快げな笑い声は変わらず、ときにはぽんっと小気味良く自分の堂々たる腹を叩《たた》いたりする。

外科部長の乾が、「あれは狸《たぬき》だ。人の顔をした化け狸だ」と噂する所以である。

「誰が狸ですって?」

片眉をあげる板垣に、CT画像を眺めていた乾が軽く目を見開く。

「心の中でつぶやいただけやのに、よう聞こえるもんやな。さすがは内科の狸や」

「来年は開業でしょう、乾先生。人相だけでも十分怖いのに、口が悪いと患者が寄りつきませんぜ」

「余計なお世話や」

黒く日焼けした額に毛虫のような太い眉が動く。その貫禄《かんろく》に関西弁がくわわった迫力は、他の追随を許さない。

ふたりそろった存在感はまるでヤクザの集会ですね、と内藤に言わしめた内科と外科のツートップが、せまい外来の診察室で顔を突き合わせて画像を睨《にら》んでいる。

午後二時過ぎ、板垣の内科外来が終わったところを見計らって、乾が顔を見せたのだ。ようやく長い外来業務が終わってほっとしていた看護師たちにとっては、再び緊張を強いられている状況だが、ふたりの無法者はそんなところに気を遣うはずもない。

「で、この前のＥＲＣＰ（内視鏡的逆行性膵胆管造影）頼んだ患者はどないやった？　やっぱ膵《すい》癌《がん》か？」

「細胞診の結果がまだですが、まちがいないでしょう。転移もないし、手術でいけそうですな」

板垣がモニター上に画像を並べていくのを眺めていた乾が、ふいに太い眉を動かす。

「なんや腹部超音波の画像、えらい綺麗《きれい》になってないか？」

「先週、新しい超音波装置が届いたんですよ。去年から申請していた日立《ひたち》のなんとかいうシリーズ。〝見えない物が見える〟なんて大見得切っていましたが、たしかに画質は格段に違います。医療機器の進歩ってのはたいしたもんですな」

「しかし板垣、ありゃ、半年前に申請したばかりやないか。いつもやったら二年はかかるのが相場……」

そこまで言った乾が、あ、と言葉をとぎらせる。

意味ありげな笑みをうかべて、板垣が口を開いた。

「うちには優秀な事務長がいますからなぁ。現場から上げた請求機器の到着がずいぶん早くなりました。黒字経営ってのはたいしたもんです」

「……なるほどな」とつぶやく乾の目もとには、しかし釈然としない光がある。

「納得できないようで？」

「いつでもわしが納得せなあかん謂《い》われはないやろうけどな」

太い眉の下の存外に細い目を、さらに細めて言う。

「なんでも算盤《そろばん》ずくなのには納得できん。昨日の会議でも聞いたやろ。入院患者にはできるだけ余計な検査はするなと来た。一回の入院で治療してええのは、一個の病気だけやと？　アホかいな」

「ＤＰＣというやつですよ。事務長の方針というより、国の方針です。どうしようもない」

「なんや、板垣。えらいしおらしいな。お前は納得してんのか？」

「俺が納得しないからって、お上が特別扱いしてくれるわけじゃないでしょ」

板垣の応答に、乾もただ、むすっとして黙り込むしかない。

ＤＰＣ制度とは、一般的には包括医療制度といい、近年徐々に医療現場に広まりつつある新しい医療保険の支給システムである。

たとえば、ひとりの患者が入院となった場合、従来の制度では、治療内容に応じて保険が適応となり、患者負担の三割分を除く残りの七割が国から医療機関に支払われていた。しかしＤＰＣ制度下では、国から支給される医療費が治療内容ではなく病名に応じた定額となっている。つまり肺炎で入院した患者が、重症であろうと軽症であろうと、また、安い抗生剤で治療しようと高い抗生剤で治療しようと、病院に入ってくる金額が同じということである。

それだけではない。ＤＰＣ制度のもとでは、一回の入院で支払われる医療費は一疾患に限定されている。つまり骨折で入院した患者が、入院中に肺炎になり、両方を治療した場合、骨折か肺炎のどちらかの医療費しか病院は受け取ることができない。要するに、これまで行われてきた「最大限の医療」は、明確に「最低限の医療」へと切り替えることが、国の方針として打ち出されてきたということである。

昨夜、乾が事務長に激怒したのは、これにからんだ一件であった。

「ひどい話やで」と乾は険を露《あら》わに、板垣に愚痴をぶつけたものである。

「盲腸で入院していたじいさんが、最近、頭痛がするからついでに頭のＣＴ撮ってほしいと言うてきよったんや。まあそれくらいええやろうと撮ってやったら、翌日の会議にはさっそく金庫番の登場やで」

けっ、とまことに品のない声を出す。

昨夜の会議で事務長が、例の冷ややかな声で乾に告げたのだ。

「盲腸なら盲腸だけ治して退院させてください。その他の検査はしないでください」

外来まで響き渡った「アホンダラ、イテコマスゾ！」の怒鳴り声は、これに対する乾の返答であった。

「普通、車検かて、タイヤも確認すればハンドルも見る。オイルもチェックするしバッテリーも調べるもんや。それを人間の体については、タイヤだけ直して、あとはワイパーひとつ触ななんて、事務長は頭がおかしいんとちゃうか？」

「さきほども言いましたが、事務長ではなくて、厚労省の方針です。国庫に金がないんでしょ」

「狸が正論ばっかり吐いとる。狸のくせに狸らしさを失ったら、ただのヒトやぞ」

「俺は今も昔もただのヒトです」

苦笑を浮かべた板垣には、しかし板垣なりの迷いがある。

彼とて、乾とさほど年齢は変わらない。古い時代の医者だ。しかし乾のように医療に経済観念を引きこむ潮流に対して、はっきりと反対を述べる気にならないのは、板垣が、彼ならではの優れた時代感覚を有しているからだ。

時代は変わりつつある。命は金に代えられないと言いつつも、国庫には金がない。金がなければ医療は成り立たない。つまりは、医療は金では換算できない、などと叫んでいるうちに、医療そのものが崩壊してしまっては、本末転倒になる。しかし、それなら現状の「最低限の医療」という時代の流れに納得しているかと言えば、板垣にも揺らぎがある。それが、普段の板垣らしい切れ味を減じている要因であろう。

要するに、狸らしくないのは、板垣自身にも自覚のあることなのだ。

「まあ、事務長のやっていることは悪いことばっかじゃありません。超音波が新型に変わったことで、検査の精度は明らかに上がってますし、おかげで検査技師たちだってやる気を出している」

それに、と板垣は窓の外へと目を向ける。

「あの赤い看板も、医者の評判はともかく、患者の反応は上々ですぜ」

窓外には、『24時間365日対応』の赤い看板が、今朝方ブルーシートも外れてほぼ全貌《ぜんぼう》を現している。朝からしとしとと雨の降る冴えない空模様の下でも、二つの数字はほとんど傲然《ごうぜん》といってよいほどの存在感で、誇示されている。

この看板も、病院経営の黒字化を目指す、金山事務長の提案によるものなのだ。

救急医療という分野は、経営という一点から言えば、魅力ある市場だ。無論、利益とともにリスクを抱えなければいけない領域ではあるものの、医療体制の十全でない地方都市にとっては、その需要の大きさは無視できない。事務長が真っ先に目を付け、改革に乗り出したことは、当然といえば当然であろう。

一方で、この意見に真っ向から反対していたのが乾である。ただでさえ日中の診療だけでも多忙を極めている現状で、自ら首を絞めるような掲示は医師の疲弊を招き、新たなトラブルを生じさせるだけだという主旨だ。

「具合の悪い奴は呼び込みなんぞせんでも来る。余計な看板かかげて、来んでもええ奴まで来るようになったら、医者がもたんぞ」

そういう乾の発言は、医師たちの立場を汲《く》み取った意見としてはもっとも良識のあるものであろう。しかしそんな言葉も、改革に動き始めた院長と事務長の決議の前に、結果的には黙殺される結果となっていた。

「患者の評判か……」

窓の外に目を向けたまま、乾は太い指で顎《あご》をなでた。

「それを言われたら、言い返しにくいがな」

乾も医者である。

心ある医者である。

彼の呟《つぶや》きは、どこか哀愁と困惑とを含んだ苦いものであった。

『十六列、マルチスライスCTが、九月から稼働します』

薄暗い会議室に、金山事務長の抑揚のない声が響き渡った。と同時に、ざわざわとささやかなざわめきが会議室に広がっていく。

正面ボードには、スライドで最新式のCTシステムのプレゼンテーション動画が映っている。ベッド上の患者がCT装置に吸い込まれ、従来にないすみやかな速度で撮影が終了する。早い上に画質も格段に良い。

『これにより、一患者に要するCT撮影時間は大幅に短縮されるとともに、画像も鮮明になり、より質の高い診療が可能になります』

「早く撮れるってことは、たくさんCT使って、もっと金が稼げるわけだ」

「聞こえますよ、部長先生」

会議室の片隅で、ぼそりとつぶやく板垣に、隣の内藤がそっとフォローを入れる。内科の部長と副部長であるから、片隅にいるといっても、壇上に近い前の列だ。すぐ右前方には白ひげの院長の姿もあるから、気を遣わずにいられないのは当然だが、板垣には遠慮がないし、内藤も口で言うほど案じている様子はない。そういう二人である。

「それにしても、この前、超音波を買ったのに、今度はCTかよ。すげえ話だな」

「経営力だけでなく交渉力もずば抜けているようですよ。あの事務長」

「交渉力？　CTの定価なんて、あってないようなもんだぜ。五割引きくらいは達成したのか？」

「五割引かせてから、もう一台つけさせたそうです」

もう一台……、とさすがの板垣も絶句する。

「通販の安眠マクラじゃねえんだぞ……」

『九月には一台が、十月には二台目が稼働します。三六五日対応の過酷な救急医療が始まりましたが、私たちはハード面でできる限りのバックアップ体制を整えてまいります。これからも先生方のご尽力をお願いいたします』

文言だけは丁寧だが、表情も口調もあくまで無情である。

「医者は死ぬまで働けってことですね」

「患者が死ぬか医者が死ぬかのサバイバルゲームだな、こいつは。俺がくたばった時は、『過労死』って死亡診断書を書いてくれよな、内藤」

「それは構いませんが、私が先に倒れたときは、先生が看取《みと》ってくださいよ」

ろくでもないことをぼやきあうふたりの内科医の頭上にふいに、

『内科系の先生方にお願いがあります』

唐突な矛先が向けられた。

壇上の事務長が、薄暗がりでもわかるぎらりと光る目を向けている。

『現在、入院患者の平均在院日数が内科系で長い傾向が見られます。入院ベッドの回転速度を上げるためにも、もう少し、患者の退院を早めていただきたい』

「簡単に言うねえ……」

頭をかきながら、板垣はのっそりと立ち上がる。

「事務長」と朗々と響く声が会議室を圧して、たちまち一身に注目を集めた。

「内科の患者ってのは、半分以上が高齢者で、寝たきりのじーさんばーさんですぜ。施設待ちの年寄りや、介護していた家族が疲れ切っている家もある。熱がさがったから、さあ帰りましょうってわけにはいきませんぜ」

『それをなんとかしていただくのが先生方の仕事です』

「アホンダラってやつですなぁ」

『なにか言いましたか?』

「全力を尽くしますと言ったんです」

板垣の周辺の席だけに、小さな笑い声がもれる。

「ちなみに事務長」と板垣は、大きな腹をぽんと叩きながら、陽気な声を響かせた。

「超音波買って、CT買って、次はなに買いますか?」

にわかなその問いに、金山は冷ややかな瞳を返す。

『なにか希望がおありですか、板垣先生』

「希望ってほどのもんでもないんだが……」

『必要と考えているものがあればいつでもどうぞ。先生方の要望に全力でお応《こた》えするのが私の仕事です』

「PET-CTなんてのは、どうだい?」

ぽんと投げ出すような板垣の問いに、再び会議室の中がざわついた。

事務長は表情を変えず、わずかに間をおいてから抑揚のない声が聞こえた。

『板垣先生、PETというのは、最近ようやく一部の保険適応が認められたばかりで、かなり特殊性の高い検査機器だと思われますが？』

「そう。点滴打って写真とるだけで、全身の癌を発見できる、かもしれないって最新の機器だ」

『長野県内にはまだ一台もない機器です』

「だからだよ。あと数年もすれば適応も拡大する。今から準備しときゃ、事務長にとっての打ち出の小槌《こづち》になるかもよ。医者みたいに文句も言わずに働くし、ソリが合わないからって怒鳴りつけられることもない」

再び苦笑と失笑の輪が会議室に広がった。ひとつ前の席の乾だけは、太い眉を動かしてしぶい顔だ。

そんな室内の空気に、微塵も揺らぎを見せず、金山は問う。

『申し訳ありませんが、板垣先生、私の知識が足りない分野のようです。概算で結構ですが、どの程度の設備投資を要する機器かは把握しておられますか？』

「詳しくは知らねえ。だがPET買うとなると、そいつを入れておくための、でかい入れ物まで用意しなけりゃいけねえから、まあ、概算で十億」

三度、ざわめきが広がった。中には小さな笑い声まである。

今年になって、超音波とCTとを一気に更新し、それが画期的だと院内では騒がれているが、これらすべて合わせても一億か二億かという計算である。

十億となると、桁《けた》が違う。

『ずいぶんな金額ですね。それだけの価値のある機器ですか?』

「ま、リスクはあるけど、未来のドル箱になるかもしれねえ」

『ドル箱になるかどうかを考えるのは私の仕事です。先生に教えていただきたいのは、診療の役に立つのか、という点です』

おや、軽く、板垣は眉を開いた。

こういう返答は予期していなかったのだ。

黒字と節約しか頭にない金庫番が十億などと聞けば、冷ややかに黙殺するかと思っていたのだが、板垣の予想は外れたと言わざるを得ない。

つかのまの奇妙な睨み合いは、当てが外れた板垣の戸惑いによるものだ。

事務長が、再度、淡々とした声で告げた。

『私の仕事は、先生方に完璧《かんぺき》な診療を求めることではありません。先生方が完璧に近づけるように環境を整えることにあります。PETは診療の役に立つとお考えですか』

板垣はぼりぼりと頭を掻《か》いてから、悠揚たる態度で応じた。

「まあ、これからの時代、大変な検査をやりにくい高齢者が増えて来るし、できるだけ検査は楽にすませたいって思う連中もたくさん出て来る。PETがあれば、おおいに役に立つと思いますぜ」

事務長はしばし沈黙し、『検討します』と応じてから、閉会を宣言した。

『乾診療所』

そう書かれた真新しい看板が、槌音《つちおと》の響く工事現場に組み上げられた足場にそって、ゆっくりとつり上げられていく。クレーンのエンジン音と男たちの掛け声の響く中、大きな活字が持ちあがっていく姿はなかなかに勇壮だ。

梅雨の明けた夏空からは、まばゆいばかりの陽光が降り注ぎ、人も建物も看板も、ことごとく白々と輝いている。その白い光の下、石塀沿いを彩る百日紅《さるすべり》の赤が、ひときわに鮮やかだ。

「先生らしいですな」

現場の片隅から、完成間近の診療所を見上げていた板垣が、まぶしげに眼《め》を細めてつぶやいた。

傍らでは、乾が慣れた手つきでロングピースに火をつける。

「らしいってのはなんや？」

「最近じゃ、やたらと奇をてらったり、妙にモダンなクリニックの建物が多いが、こいつは飾り気も何もない、まっすぐな作りだ」

「当たり前や」と煙とともに、乾は言葉を吐きだした。

オーライ、と大きな掛け声が響く。

「病院はホテルやないし、患者を〝患者様〟呼ばわりして頭をさげる場所でもない。具合の悪い人間に手を差し伸べて、元気になって帰ってもらう。ただそれだけの場所や。飾り立てる必要もないし、そないに居心地を良くする必要もない」

やはり乾先生らしい、と板垣は静かにうなずいた。

現今の医療が、やたらとサービス業務の向上に力を注ぐ一方、治療そのものに関しては経済面から大きく制限をかけられている中で、乾診療所の姿は、たとえ新築であっても、苔《こけ》むした風格ある古寺のごとく、悠然と佇立《ちょりつ》することになるだろう。

どちらがよいかという安易な判断を持ちこめる問題ではないと、板垣は理解している。ただ、人を救うというだけの医療が、ずいぶんややこしいものになってきたという思いは、しみじみとした実感を含んでいる。

「秋には完成ですか?」

「外装はな。中身まで整えるにゃ、年末までかかる」

どうでもいいことのように言いながら、目もとにはどこか満足げな様子がある。

再びオーライと大声が聞こえたとき、『乾診療所』の看板が高々と所定の位置に収まったようで、ただの白い箱であった建物がにわかに医療施設としての装いを帯びていた。

診療所の建設現場を見学に来ないか、と乾が声をかけたのは、少し長引いた梅雨がようやく明けた八月の初旬である。

現場は、松本の市街地から少しはなれた郊外で、市街地のような喧噪《けんそう》はないものの、住宅街として往来は少なくない。近くにほかに医療機関はなく、比較的古い一帯であるから、住民の平均年齢も高いようだ。

いかにもこの町に住みなれてきた乾ならではの、見事な立地である。

「いい場所を選びましたな」

「吟味に吟味を重ねたからな。しかし細かいこと言うと、欠点かてあるんや。まあ百点満点の立地なんてないやろうけどな」

勧められたロングピースをくわえつつ板垣は応じる。

「しかしこうして実際に目にすると、急に現実味を帯びて、ちと寂しいですな。来年にはあの怒鳴り声が聞こえなくなる」

「なんや、わしが怒鳴ってばっかおるみたいやないか」

「その怒鳴り声のおかげで、いろいろとうまくいってきたこともあるんですよ」

軽く眉を動かした乾は、長々と煙を吐き出してから答えた。

「まあ外科のことは心配するな。甘利《あまり》がおる。無口で愛想はないが、腕はいいし、なにより曲がったことはせん」

「外科のことは心配していません。心配なのは、本庄の行く末です」

「なんやお前、この前はあれやこれやと金庫番のフォローしときながら、やっぱり不安なんやないか」

「別に金庫番のフォローをしたわけじゃありません。だいたい、新型ＣＴ買って、年寄りを病院から追い出して、24時間３６５日病院を開けて、余計な検査を制限して……、どうもやることが見えにくくていけない」

飄然《ひょうぜん》たる調子でありながら、淡い感慨をにじませるその言葉に、乾もまたゆっくりとうなずいた。

「時代の流れっちゅう奴なんやろ？　ま、わしは開業できてせいせいするけどな」

ひどい話ですな、と板垣が笑ったところで、にわかに「わん！」と鋭い吠《ほ》え声が聞こえた。

振り向いた二人は、車道を挟んだ向かい側に白い大型犬とその綱を引いた小男を見つける。

黒いハンチングをかぶった先方は、おもむろに帽子をとって、軽く目礼した。にこりともせずに。

面倒くさそうにうなずいた乾の横で、板垣が眉をひきつらせたのは、飼い主に見覚えがあったからだ。

「乾先生、ありゃぁ……」

大型犬に引きずられるように去っていく小男を見送りつつ、つぶやいた板垣に、乾はなんでもないことのように煙を吐き出す。

「金庫番の自宅が、このすぐ近くにあるらしい」

「自宅……？　事務長の？」

「言ったやろ。絶好に見えるこの立地にも、欠点はある、と」

手元まで燃えたロングピースを携帯灰皿に押し込んで、乾はふいに思い出したようにつけくわえた。

「ちなみに犬の名前は、絹子というらしい」

「キヌコ?」

「多分、メス犬なんやろうな」

肩をすくめた乾の頭上で、疲れを知らぬ百日紅が、なお色鮮やかに夏の日差しに輝いていた。


『24時間365日』の看板の効果は、なかなか大きなものであった。

七月にかかげた看板は、八月の来院者を増大させ、秋口の九月には、当番日、非当番日を問わず救急車のサイレンが響くようになっていた。その事実はとりもなおさず、それだけの患者たちが夜間に行き場もなく不安を抱えていたということでもあるだろう。

「患者の来院数はうなぎ登りだそうです」

「俺が知りたいのは、患者の数よりお前の体調の方だ。ひでえ顔色だぞ、内藤」

板垣の声に、内藤は血の気のない顔で「そうですか……?」と微笑《ほほえ》んだ。

深夜の零時。医局の電子カルテモニターの前である。もともと痩せぎすの、お世辞にも元気そうだとは言えない風貌の内藤であるが、果てのない激務の中で、一段と青白い顔になったように見える。

「昨日の夜も泊まりじゃなかったか、内藤」

「そっくりそのままお返ししますよ、部長先生」

カタカタと二人して電子カルテを入力しながら力のない会話をやりとりする。

「まあ、愚痴も出ますが、これだけ患者が来るということは必要とされているということですからね。経営も評判も両方、好転させた事務長の采配《さいはい》は、やはりたいしたものだと思います」

「その顔で言っても説得力はねえよ。徹夜で百人助けても、一人でも見逃しが出たら、即抹殺されるのがこの仕事なんだ」

そういうやりとりのそばから、救急車のサイレンが聞こえて来る。板垣はこれ見よがしにため息をつく。

「なんとか医者の数を増やしてもらわねえと、こりゃ持たねえな」

「事務の方は、かなり大規模な医師の募集をかけてくれているようですが、反応は今一のようですね。〝誰も好き好んで、このど田舎のくそ忙しい病院なんかに来ねえよ〟と乾先生も言っていました」

「乾の親分も、辞めていく立場だから、だんだん言うことに節操がなくなってきたな」

「誰が節操ないやて?」

ふいに降ってきた声に、板垣は軽く肩をすくめる。

傍らの内藤が振り返って口を開いた。

「おや、乾先生も今日はずいぶん遅いですね」

「最近は外科の緊急手術も多いからな。でかいのはおおむね甘利がやってくれるが、だからと言うて遊んどるわけにはいかん」

どしどしと医局に入ってきた乾は、どっかりとソファに腰をおろしていつものロングピースに火をつけた。

「院内全面禁煙らしいですよ、乾先生」

「おう、せやから一本だけにしとるわい」

訳のわからない応答をしつつ、遠慮もなく煙を吐き出す。

「おい、板垣、研修医を募集することにした」

唐突な言葉が飛び出して、板垣はようやく振り返った。

「いきなりですな、先生」

「そうでもない。ちょいと前から考えとったことなんや」

興味深げな顔をした板垣は、くるりと回転いすを回して乾に相対した。内藤もまたカルテの手を止めて、外科部長を見返す。乾は満足げにうなずいて続けた。

「金庫番のやり方が正しいかどうかは別として、今の本庄にはたしかに山のように患者が来る。わしたちは医者である以上、患者を診ることにはなんの異存もない。しかしこのままやと絶対的に医者が足りん」

「でも募集をかけても、医師は集まらないのでしょう?」

「真正面からとりかかるからうまくいかんのや」

乾はぶわりと煙を吹きだして笑う。

「ベテランの医者やと、現実も知っとるし、能力もある。いたずらに忙しいだけの病院は選ばへんし、もし来てくれたとしても気に入らんとすぐ出て行ってまう。それやったらむしろ、やる気のある研修医を募集して、病院全体で教育して、いずれ病院を支える強力な戦力にしていくって考えた方が、現実的やと考えたわけやな」

ひと息にそう言いきって、乾はどうや、とふたりを見返した。

「なるほど」と意表を突かれたように板垣はうなずく。

「まだ志だけは高くて現実を知らない研修医なら、引っ掛けられるに違いない、ということですな」

「刺のある言い方やなぁ……」

「しかし研修医といっても、来ますかね」と首をかしげたのは、内藤だ。

「最近の医学生は、ずいぶん冷静な目で将来の医療というものを見据えていると言いますよ。〝ど田舎のくそ忙しい病院〟を選んでくれるかどうか……」

乾が、いかにも痛いところを突かれたという顔で眉を寄せる。

「まあいきなり、ようけ研修医が集まるとは思うてへん。せやけど、今のところひとり信濃大学の医学生から問い合わせはきとる」

意外な返答に板垣と内藤は顔を見合わせた。

「鬼が出るか蛇《じゃ》が出るか、まだわからんが、面接試験でちっとは状況もわかるやろ」

「面接?」

「いくら人手不足や言うても、これから育てようという研修医を、顔も見ずにもろ手を挙げて〝いらっしゃい〟っちゅうわけにはいかんやろ。わしらにも育てる責任ちゅうもんがある」

当然と言えば当然である。

「面接には内科部長にも参加してもらうで」

「それは構いませんが、事務長にその件は？」

「話してある。必要やと思うならぜひ進めてくれとさ。あの金庫番、なんでもかんでも医者を締めつけるのが趣味かと思うとったけど、そうでもないみたいやな」

がははは、と大声で笑って見せた。

板垣は思わぬ急展開に、少しばかり戸惑いを隠せない。

今の本庄病院は、ある種の勢いは持っているものの、まだまだ地方の小さな一般病院にすぎない。支えているのも古巣、年配の医師たちばかりであり、そんな現場に唐突に学生あがりの研修医がくわわるというのは想像し難い光景である。

本庄病院の未来は、板垣の予想をはるかに超えて、大きく変わりつつあるのかもしれない。

「事務長といえば」とふいに乾が思い出したように膝《ひざ》を叩いた。

「例のＰＥＴセンターの話、本気で考えとるらしいぞ」

今度はさすがに板垣も目を丸くする。

「本気で？」

「今年や来年の話やないらしいが、数年のうちに、ＰＥＴセンターをつくるべく、融資してくれる金融機関を当たり始めとるっちゅう話や」

「正気の沙汰《さた》ですか、十億ですぜ？」

「もともとお前が言うたことやないか。事務長も言うとったぞ。現場が必要やと思うとるもんなら、全力で対応する、とさ」

えらいことになってきたと天井を見上げる板垣の耳に、乾の楽しげな声が響く。

「おもろなってきたな、板垣」

「やっぱり……」

板垣はちらりと乾に視線を投げかける。

「節操がなくなってきていますぜ、乾先生」

そうかいな、という愉快げな笑みとともに差し出されたロングピースを、板垣は黙って受け取って火を付けた。


板垣が病院を出たのは、深夜の一時である。

夜空には中秋の満月が輝き、存外に夜道は明るい。

病院の正面玄関に出た板垣の脳裏には、まとまりのない思考が往来する。

医療と金銭の問題、研修医の教育の問題、新しいPETセンターの問題、そのどれもこれもが、つい数年前までの板垣にとっては無縁であったものばかりだ。

視線をあげれば、真新しい『24時間365日対応』の看板がある。

以前は本庄病院といえども、夜間の救急車は断ることが少なくなかった。本庄に限らず、わずかな人数の医師で日中の業務を回転させていれば、夜間までは手が回らないというのがむしろ医療界の常識であったのだ。それが今では当たり前のように二十四時間態勢で患者を受け入れようとしている。

一方で、かつては医師の圧倒的な裁量権が認められていた治療内容について、国は明確に金銭的な制約を課そうとしている。国民皆保険という夢の制度の限界は、確実に医療の内容を変質させつつあるのだ。

あえて悪意をもって評すれば、最大限に患者を受け入れて、最低限の治療をする、というのが、時代の潮流ということなのである。

「要するに、それでいいのかってことなんだよな」

ぽん、と腹を叩いてみたが、心なしか、いつもの景気のいい音は響かない。

二十年も医者をやっていながら、今さらこんな煮え切らなさを抱えるとは、板垣自身考えもしなかったことだ。

やれやれとため息をつきつつ駐車場に向けて歩きだした板垣がすぐに足を止めたのは、病院から半町ばかり離れた路地の前である。古びた赤提灯《あかちょうちん》をぶらさげた小さな焼鳥屋がある。昔からある店で、板垣も時には立ち寄ったことがあるが、最近は機会を逸していた。

そんな店の軒先で立ち止まったのは、格別焼き鳥を食べたくなったからではない。夜風に揺れる提灯の下に、じっとうずくまっている白い生き物が目を引いたからである。

軽く眉を寄せた板垣は、その白い塊と目が合って、思わず知らずつぶやいていた。

「絹子、だっけか?」

わん、という明るい声とともに、店の戸が開き、黒ぶち眼鏡の小男が顔をのぞかせた。

言うまでもなく本庄病院の金庫番である。いつも以上に冴え冴えとした白い顔の事務長は、その右手にゆらりと銚子《ちょうし》をさげている。板垣を見ても格別驚いた様子はない。

板垣は腕時計に目を落としてから、事務長の感情のない目を見返した。

「席、空いてるかい?」

唐突な板垣の声に、すぐに返事はない。

「この時間じゃ、嫁もすっかり寝ついているからよ」

金山は、無感動な瞳をいったん店内へ向けてから、内科部長を見返した。

「どうぞ」

板垣はにやりと笑って暖簾《のれん》をくぐった。


「妙な場所にいるねえ、事務長」

カウンター席のみのこぢんまりとした焼き鳥屋の店内に、板垣の太い声が響いた。

店内はこんな時間だというのに、作業着を着た肉体労働者らしき数人の若者や、くたびれたスーツ姿の中年の姿がある。

久しぶりに覗《のぞ》いたが、昔と店の空気は変わっていない。はがれかけた壁紙には手書きのメニューが張り付けられ、天井際ではどこまで意味があるのかわからない油で汚れた換気扇がゆるゆると回っている。変わったことがあるとすれば、かつての白髪の店長に顔つきのよく似た長身の青年が、店を切り回しているということくらいだろう。

「ときどき寄るのかい？」

無表情の事務長が黙って持ちあげた銚子を杯で受けながら、板垣が問う。

「ときどきです」

応じる言葉は、必要最低限だ。

口数と声量まで節約しているのではないかと考えたくなる。

狭いカウンター上には、数本の空いた銚子があるところを見ると、それなりの量を飲んでいるはずであろうに、ただでさえ血の気の薄い白い顔は、なお一層白みを増して能面のごとくである。

「今夜は絹子ちゃんとデート？」

「仕事が遅くなる日はやむを得ず連れてこざるを得なくなります。幸い事務局では彼女を可愛《かわい》がってくれる事務員もいますから……」

冷ややかな顔で、飼い犬を彼女呼ばわりする姿に、板垣は笑いをこぼしそうになったが、そこは敢《あ》えて静かに抑え込んだ。

「犬連れて、郊外から歩いてくるのか？」

「小一時間です。絹子にとっては、誰もいない家にいるよりはるかに楽しい散歩です」

二度ほど板垣は瞬《まばた》きをする。

「事務長、独身だったっけ？」

「いいえ、既婚者です」

「じゃ、単身赴任？」

「いいえ」

板垣は杯を口につけたまま、首をかしげる。

「……離婚した？」

「いいえ」

「わかりにくいなぁ……」

「妻なら五年前に他界しました。胃癌です」

さすがに板垣は眉を寄せる。

「……まだ若いよな？」

「五十八歳でした。私より五つ年上でしたから、丁度今の私の年です」

金山が、思いのほかに年配であることに板垣は思い当たる。考えてみれば、既に実績を積み上げていた官僚の道から身を引いて本庄に来た男である。それくらいの年齢は有りうべきことだろう。

「姉さん女房だったってわけか」

格別返答もせず事務長は銚子を、空になった板垣の杯に傾ける。

板垣としては、思わぬ話題に触れて戸惑いの感もあるが、ここでいたずらに気遣いを示して沈黙するのは、彼のやり方ではない。

「ま、胃癌ってのは普段からしっかり検診でも受けておかねえと、症状が出たときは大概やばいことになってるからな」

「検診なら受けていたんです。亡くなる一年前に」

傾けかけた杯を止めて、板垣が見返した。

「ただ見つけられなかっただけです」

「……見落とし、ってことか？」

「板垣先生は」と、少しだけ金山の語調が強くなったように思われた。

「胃カメラさえあれば、確実に胃癌を発見できますか？」

一瞬、眉を動かして、板垣は静かに答えた。

「断言はできねえ。条件によるだろうな」

静かに一杯を干す。

「内視鏡検査ってのは、検査者の腕前だけが結果を決めるわけじゃない。内視鏡の性能でも見える物は大幅に変わる」

「旧式の内視鏡なら、先生でも見落とすことはあると？」

「そいつは見落としとは言わんさ。道具が悪けりゃ見えねえもんは見えねえんだ。一流のＦ１レーサーだって、軽トラじゃポールポジションは取れんだろ」

「では私の妻の件も、見落としではありません。検査をしてくれた医師は、腕の良い先生でしたよ」

板垣は、口をつぐんで事務長を見返した。

金山は静かに杯を干している。

続く言葉はなかった。言葉はなかったが、板垣にはこの寡黙な能吏の哲学が、ささやかながら見えた気がした。

自分の仕事は医師に完璧を求めることではない。『医師が完璧に近づけるよう環境を整えることだ』と。手前勝手な自己満足だと受け取っていた金山の言葉が、苦い過去の一端に触れたことで、にわかに立体的な質感を持って感じられた。

板垣が複雑な視線を向ける先で、金山の白い頰《ほお》には微塵も感情はよぎらず、冷ややかな瞳は手元の酒杯を眺めているばかりだ。

ふいに笑い声が響いたのは、奥の席の男たちによるものである。その隣の中年は黙々と砂肝を食らい、いつのまにか座っていた明らかに夜の仕事帰りの化粧の濃い女はうまそうに生ビールを飲んでいる。

それぞれに愉快と悲哀があり、板垣と事務長という極め付きに奇妙な組み合わせも、この空間の中では、日常の景色に溶け込んでいる。

ふいに「はいよ」という威勢のいい声とともに、二人の前に焼き鳥数本の盛り合わせが差し出された。見上げれば、鉢巻をした若い店長が、気さくな笑顔を金山に向けている。

「ワンちゃん以外の友達を連れてくるなんて珍しいっすね。サービスですよ」

さわやかに告げてまた店の奥へと戻って行った。

「友達だそうだぜ?」

笑った板垣は無論返答を期待していない。金山も、白い手を伸ばして、焼き鳥の一本をつかみ無造作にそれを平らげただけである。

板垣は敢えて多くを問わなかった。問うたところで答える相手ではないし、なにより、好奇心より礼儀を優先させる程度には、板垣も十分に成熟している。

ゆえに彼は、煙の立ち込める天井を見上げたまま、無遠慮に話頭を転じた。

「ＰＥＴセンター、本気でやるつもりか?」

唐突な言葉に、しかし金山は微塵も戸惑いを見せない。

「先生方の診療に役立つのでしょう?」

「まだ未知数の道具だ。無論、近い将来強力な武器になると思ってはいるが」

「十分です」

「しかし十億だぜ?」

「ですから少し時間はかかります。しかし先生が心配することではありません。金の計算は私の領域だ、と申し上げたはずです」

酒杯を一息に空けてから、事務長は続けた。

「先生方は、よりよい医療を目指してくだされば十分です」

内科の部長に向かって、ともすれば失礼と取られかねない言葉を、平然と口にする。

こういう態度が、敵をつくるひとつの要因なのであろうが、板垣はそれを不快とは感じなかった。ただそっと微笑しつつ、銚子を取り上げて事務長の杯に注ぐ。

「よりよい医療って話なら、年寄りたちの早期退院の方はもう少しなんとかならねえか?」

「それは別の問題です。平均在院日数短縮は、病院経営の健全化のために必須《ひっす》ですから、治療の終わった患者は、早急に退院させてください」

さらりと言って、再び金山は杯を干した。

やれやれ、と笑った板垣もまた、それ以上は言わず、静かにもう一杯を注いだ。

夜半も煙の衰えない焼き鳥屋の店先では、丸くなった絹子が、気持ちよさそうに転寝《うたたね》を続けていた。

十二月に入ると、信州の各地は、本格的な冬の色に染まり始める。

大気は澄み渡り、彼方《かなた》の山々は神々しいまでの白い輝きを放つ一方、街角には晴天のもとでも溶けきらぬ雪がわだかまり、夜半は凍り付いたアスファルトの路面が月光を受けて淡く鈍く輝いている。

急速な気温の低下は、体調を崩す人々もまた急速に増えることを意味し、本庄病院の救急部は、日ごとに増える来院患者への対応に忙殺されるようになる。

救急車の来院数も増え続け、病院全体がひたすら全力で走り続ける毎日だが、しかし院内には、ただ殺伐とした忙《せわ》しなさだけではなく、どこか不思議な活気が満ちている。

環境が過酷であっても、地域医療を支えているのだという静かな自信が、病院全体を柔らかく包み、医師をはじめとして看護師や薬剤師や技師たちといったスタッフらに少なからぬ活力を与えているようにも見える。そこに、順調に進む設備や装置の更新といった目に見える変化が加わって、よりたしかな変化の実感を現場に与えているようであった。

「みんな、よくやってますなぁ」

板垣は、救急車の行きかう病院正面の救急部を見下ろしながら、しみじみとつぶやいていた。

場所は病院医局の隣にある院長室である。

飾り気のない手狭な院長室には、今、院長の本庄忠一《ちゅういち》、事務長の金山と内科の板垣、外科の乾がそろっている。

「皆の尽力には感謝している」

静かな声は、奥の椅子《いす》に腰かけていた本庄院長のものだ。豊かな白ひげを蓄えた貫禄ある老人が、ゆったりとした声を響かせた。

「おかげで病院規模は徐々に拡大しつつある。来年、乾先生が開業されてしまうのは痛手だが、かわりに外科系や内科系で新たに就職してくれる医師も数人ある。信濃大学とも連絡をとっているが、当院のがんばりを認めてくれるようになったのか、いくつかの医局からは、非常勤の医師だけでも派遣してくれそうな返答をもらっている」

「数年前のこぢんまり病院からは嘘《うそ》みたいな話でんな」

乾が笑ってそんなことを言う。

「また面白がっていますな、乾の親分は」

「なんや相変わらず冴えん顔しとるな、板垣は。患者は増える、経営は黒字、本庄は大きくなる。ええことばかりやないか」

「医者の仕事が多くなる。夜は眠れない、昼飯の時間もない。それなのに……」

じろり板垣は乾を見る。

「外科の大黒柱は退職する」

「古い医者は出ていく時代や。これからの医者は、聴診器と算盤と両方が使えなあかんらしいからな」

皮肉と実感とが半々に混じった言葉に、板垣は苦笑し、金山は冷ややかな目を光らせ、院長は存外に真面目《まじめ》な顔でうなずく。

さて、といささか強引に割って入ったのは、金山だ。

「真冬の多忙な時期にわざわざ集まっていただいたのですから、さっそく本題に入りましょう。さきほど面接を終えた研修医希望者の合否の件です」

その声で、乾も板垣もいくらか表情を改めた。

つい先刻この部屋で、一人の医学生の面接が終わったばかりなのだ。四人の囲む机の上には、それぞれの眼前に一枚の履歴書が置かれている。

「大々的に公募をかけて、ひとりだけ、というのは残念ですが……」

「そりゃ欲張りってもんやぞ、事務長」

乾の厚い唇が笑う。

「こんな得体の知れない救急病院の研修医を希望する若いもんが、とりあえずひとりでも来たっちゅうだけでも立派なもんや」

遠慮のないその意見に、板垣も素直に同感である。

院長もまた静かにうなずきつつ、話を進める。

「当院はまだ研修医の指導体制としては確立されたものを持っていない。研修医の教育には責任が伴うことを思えば、人手が足りないからという理由で、無思慮に受け入れるべきではない。その意味ではたったひとりの希望者であっても、それぞれの責任者の率直な意見を聞いた上で合否を判定したい」

こういうところは、本庄院長の優れた見識を表している。

病院の経営部トップに引き抜いてきた官僚を突然据えるという改革を断行しておきながら、ひとりの医師としての視点もけして失ってはいない。

「まずは皆の意見を聞きたい。私が先に発言しては公平さを欠くだろう」

「私は発言を差し控えます」

速やかに金山が告げた。

「臨床のことには、まして研修医の教育にはまったくの素人の私が口をはさんでよい問題ではないでしょう」

あっさりと身を引く金庫番に、乾はかえって戸惑ったような顔をする。又何事か、厄介な意見を押し込んでくるのだろうと見込んでいたのだ。

やがて、にやりと貫禄のある笑みを浮かべて乾は応じる。

「ええんか、事務長。わしらは事務長の意見かて、無下に踏みつぶしたりはせんぞ」

「結構です。もし乾先生と板垣先生の間で意見が割れた場合には、私なりの……」

「なら、心配はいらんわ」

悠々と乾が遮った。

「そうやろ、狸」と意味ありげな笑みを向ける乾に、板垣もまた笑って肩をすくめる。

「意見が一致しているということかね？」

院長の問いに、「そのようで」とうなずく板垣の脳裏には、まっすぐな視線をかえしてきた青年の姿がある。

不思議な若者であった。

履歴書を見ると、尊敬する人物も愛読書も趣味もすべて「夏目漱石」で統一されている。本気か冗談か判然としないが、いずれにしても好印象の書類というわけにはいかない。大丈夫であろうかと案じて面接に臨んでみれば、ごく静かに落ち着いた言動をする青年であった。

こんなものか、とむしろどこか拍子抜けした感もあった板垣は、しかし面接も終わりにさしかかったところで、不思議な場面に出会うことになる。

『君は、本庄病院が掲げている〝24時間３６５日対応〟の看板を見てどう思うか？』

問うたのは乾である。

唐突ではあったが、板垣にはその心持ちが充分に理解できるものであった。本庄を去る乾は、次世代の若い医師たちがあの赤い看板を見てどう思うのかを率直に問いたかったのだ。

青年はわずかに考えてから静かに応じた。

「医療の基本だと思います」と。

「無理もあります、リスクもあります。しかし病院という場所は24時間365日、困った人がいれば、手を差し伸べてくれる場所であってほしいと思います」

私は、と少し言葉を切った青年は、少しばかり遠慮がちに付け加えた。

「あの看板を見たから、ここで勉強したいと考えるようになったのです」

淡々としたその言葉が途切れた時、その口調とは別に、不思議なほど爽《さわ》やかな風を感じたことを、板垣はよく覚えている。と同時に、ただまっすぐな瞳を向けてそう応じる青年の姿は、板垣に、忘れていた熱い何ものかを思い起こさせるに充分な真摯《しんし》さを持っていた。

「医療の基本だそうですな」

笑みを交えた板垣の声は、存外に力強い響きを有していた。

乾は苦笑まじりに肩をすくめる。

「一本取られたわ。事務長の仕掛けた花火が、こんなところで大輪を咲かせるとは思わへんかった」

その愉快げな表情を見れば、乾もまた板垣同様に、先刻の青年の姿に何かを感じたのだとわかる。

「まあ、三日もすれば、理想と現実のギャップにやられて、怒り出すかもしれませんが」

「望むところやろ。現実との折り合いをつけるのは、歩き出してからでええ。わしらもそうやって、ここまでやってきたんや」

「本当によいのですか？」

かすかな気遣いを漂わせた事務長の声が問う。

卓上の履歴書を手に取りつつ、

「自己紹介欄を〝夏目漱石〟で埋めつくしているような青年です」

「なんや、本庄忠一で埋めてくれる奴の方が安心か？」

まぜっかえす乾の声に、事務長はわずかに怜悧《れいり》な目を細めただけだ。

「こういう男でええんやよ」

背もたれにゆったりと身をもたせかけた乾は、すでに書類を見ていない。

「むしろこういう男でないといかん。この息苦しい医療の変化の中で、生き抜いていかなあかん本庄病院やからこそ、〝困った人がいれば手を差し伸べるのが医療の基本や〟と恥ずかしげもなく言う男が必要なんや。そうやろ、板垣」

板垣は黙ってうなずいた。

金山は口を開かない。

院長もまた、何も言わずに考え込むように宙を見つめている。

その束の間の沈黙を埋めるように板垣は口を開いた。

「こいつは、きっといい医者になると思いますよ」

板垣は力強く答えると、久しぶりに自慢の腹をぽんと小気味よく叩いて見せた。


松本の冬は長い。

春と秋が短いと言い換えても良い。

ゆえに三月といっても夜間、早朝はまだまだ冷え込みは厳しいが、一月二月はマイナス十度以下までさがることのある土地であるから、彼岸を過ぎる頃にもなると、春の予感が満ちてくる。

そんな季節の変化をいち早く町に知らせるのが、なにげなく路傍を飾る梅の木だ。

「もうじきだな」

夜半の路地で、板垣は足を止めて民家の梅を見上げた。黒く無骨な枝のところどころに、暗がりでもわかる赤い蕾《つぼみ》がある。軒先にはまだ溶けきらぬ雪が固まっているが、鶯《うぐいす》が来る頃にはこれもなくなっているに違いない。

しばし立ち止まったまま梅を眺めていた板垣は、ふいの冷ややかな風を感じ、コートの襟を立てて身震いした。

ようやくカルテ記載を終えた板垣が病院を出てきたのは日付の変わるころであるから、日中の陽気が嘘のように気温は低い。その寒々とした大気の向こうでは、先刻から盛んにサイレンの音が往来し、今夜も本庄病院の大盛況を伝えている。今日の当直は乾であるから、今頃悪態をつきながら院内を走りまわっているに違いない。

かすかに苦笑した板垣がふいに、わん、という鋭い声を聞いて首をめぐらすと、少し先の赤提灯の下で、白い尻尾《しっぽ》を振っている大きな犬が見えた。

「よっ、絹子、久しぶりだな」

片手をあげた板垣に、絹子は嬉《うれ》しそうに尻尾をふり、白い息を吐いている。

そのふさふさの頭を撫《な》でて店内を覗き込めば、カウンターの片隅で、青白い顔の事務長が淡々と銚子を傾けている。

「寄せてもらいますぜ、事務長」

返事も聞かず、隣の席にどっかりと腰を下ろした。

金山はちらりと冷ややかな視線を投げかけただけで、黙って自分の杯を傾けている。

「事務方も最近はいよいよ忙しそうですな」

「先生方には及びません。我々は少なくとも眠りたいときには眠れます」

淡々と答えつつ、板垣の酒杯に酒を注ぐ。

乾杯、と板垣はひとり勝手に告げてさらりと干した。

「昨日、また乾の親分を怒らせたらしいですな」

「外科の平均在院日数が二日ほど延びたので、患者の早期退院をお願いしただけです。最近、癌のお看取りなどが増えて、病床の回転率が落ちていますからね」

「えらい怒りようだったけど、なんて言ったんだい？」

「治らない病気の患者なら､行き先は施設でも自宅でもいいから早く退院させてください､と」

そら怒るわ、と板垣は苦笑する。

「二週間後には退職するんだ。あんまり最後まで怒らせんでほしいね」

「考慮はしますが、その代わり、内科患者の在院日数を減らしていただきたいですね」

「おっと、そう来たか。こいつはいけねえな」

あはは、と笑って、焼き鳥の盛り合わせを注文し、強引に話頭を転じた。

「ＰＥＴセンターの予算が通ったらしいな」

事務長がわずかに目を細めた。

それから静かに一杯を干し、口を開く。

「来年度の予算です。八十一銀行から融資を獲得しました」

「ええ、はやいじゃねえか」

「当初の予定より一年前倒しになりました。本庄病院の救急医療における実績は、私が想定していたより高く評価されているようです」

淡々と述べてはいるが、そこに至る過程は並大抵の努力ではなかったはずだ。その苦労を微塵も見せず、金山は尋常でない速度で本庄病院を成長させていく。

「たいしたもんですな、事務長」

「先生方のおかげです。実際に患者を診ているのは私ではなく先生方ですから」

こういう台詞《せりふ》を臨床医たちに向かってはっきり言ってくれればもう少しいろいろな誤解も解けるのだが、と板垣は内心で苦笑する。

しかし心ある台詞も、無表情で言われては皮肉にしか聞こえないかもしれないと考えて、板垣は忠告を諦《あきら》めた。

「来月からは研修医も来るし、ＰＥＴセンターの工事も始まる。いろいろ忙しくなるな」

「年度がかわるとＤＰＣの内容もまた変わります。国保に対する厚労省からの締め付けは年々明らかに厳しくなっています」

「大丈夫なのか？」

「こちらは私の領分です。先生方が心配すべきことは一切ありません。先生方は、質の高い診療のために尽力してくだされればよいのです」

いつもながら、受け止めようによってはずいぶん失礼にも聞こえる言葉だ。しかし、味方にすればこれほど心強い台詞もない。

板垣はにやりと笑って頷いただけだ。

「それにしても、絹子ちゃんに会ったのは久しぶりだ。連れてきてなかったのか？」

「真冬はさすがに徒歩通勤が厳しいですからね。留守番です。寂しがり屋の絹子にはすまないと思いますが」

まるで家族のように飼い犬の名を口にする事務長の態度に、しかし板垣は笑わなかった。たとえ愛想や冗談が通じなくても、たとえ犬のネーミングセンスがずれていても、目の前の人物が、ただ金勘定が得意なだけの変わり者ではないことを、板垣は知っている。この喜怒哀楽とは無縁に見える事務長が、妻を娶《めと》り、ともに生活し、そして看取った経験のある男であることを、今の板垣は知っている。

板垣はおもむろに酒杯を持ち上げ、金山の卓上の杯にかちりと当てた。

「現場のことは俺の領分だ。あんたが心配することは何もねえよ」

無感動な事務長の目がかすかに見開かれた。かすかに見開かれただけで、ほかになにひとつ変化は生まれなかった。

ただ、板垣が悠々と目の前で杯を干したとき、それを見守っていた金山もまた、おもむろに酒杯をとりあげて、一息にそれを干していた。

そんな奇妙な二人組の頭上を、他の客の明るい笑い声と、焼き鳥を焼く分厚い煙が過ぎていく。今日も夜半だというのに、店はなかなかに盛況で、切り盛りをする若い主人も、半年前と変わらぬ元気さで走りまわっている。

ところでよ、とふいに板垣は身を乗り出して金山を覗き込んだ。

「粒子線治療って知ってる？」

少し首を動かした事務長は、無感動な声で応じる。

「……聞いたことはありますが詳細は知りません」

「放射線の中から、特別な成分だけを取り出して癌にぶつける治療」

「つい最近、先進医療に認定されたばかりの領域ですね」

さすがだね、と板垣が大きくうなずく。

一杯を干してから、ほとんど時候の挨拶《あいさつ》のようにさらりと付け加えた。

「今度は、どうよ、粒子線」

事務長は冷ややかな目を向けたまま応じた。

「現時点では日本国内でも数台しかない機器だと聞いていますが」

「そうなんだよ。たぶんまだ十台ないんじゃねえかな」

「よりよい医療とは申し上げましたが、そんなものまで当院に必要ですか?」

「今は必要ねえわな。だが十年後はわからねえ。あんたの立てたあの赤い看板だって、一年前には必要ねえって誰もが思ってたんだぜ」

金山の冷ややかな目が、一層冷ややかな光を放つ。こういう時の事務長は、頭の中ですさまじい速度で計算が働いている。

「参考までに、どの程度の費用がかかるものか教えていただけますか?」

「詳しくは知らねえ。ま、多めに見積もっても百億はいかねえんじゃねえかな」

ヒャクオクという奇妙な単語だけが、焼き鳥屋の天井に煙とともに立ち上った。

店の主人が、聞き慣れない数字にびっくりしたように目を向けたが、すぐにもとの仕事に戻って行った。ただの聞き間違いと思ったに違いない。

「事務長の交渉力なら、五十億は切れると思うぜ」

笑う板垣の面前で、金山の方は、相変わらず微塵も表情を動かしはしない。

ただし持ち上げかけた杯が、胸元で止まっている。

煙と酒と笑い声の行き交う焼き鳥屋の片隅に、場違いな緊張感がある。狸の内科部長と無表情の事務長とが、互いの腹をさぐりあうように沈黙の時を刻んでいる。

そんな異様な風景も、しかしこのざわめく店内ではさほど注目を集めるものではない。ただ唯一、店先の絹子が何事かを感じたのか、ふいに立ち上がって、ガラス戸越しに不安そうな目を二人に向けている。

やがて束《つか》の間《ま》をおいて、胸元の杯が動き、ゆったりと干された。

「診療の役に立つんですか？」

声音もいつもの事務長である。

板垣は悠々と事務長の杯に銚子を傾けながら答えた。

「武器にはなると思うぜ」

「検討しましょう」

まるで翌日の会議の時間でも決めるような短いやりとりののち、再び沈黙が訪れた。

板垣が酒を飲む。

金山も黙って飲む。

互いに腹に一物を抱えたまま、挙動だけは淡々と銚子が傾き、焼き鳥が口中に運ばれていく。

しばらく不思議そうに二人を見上げていた絹子は、やがてひとつ大きな欠伸《あくび》をすると、また店先で白い尻尾をくるりと巻き、丸くなってうとうとと、まどろみ始めた。

頭上を覆う梅の木が、ふいに小さく揺れたのは、枝先の溶け残った雪が路肩に落ちたからであろう。

ほころびかけた彼岸の梅は、しばし微笑むように揺れながら、樹下のまどろみを見守っていた。

神様のカルテ

信州の夏の夕焼けはひときわ美しい。

暮れゆく太陽が、北アルプスの無骨な稜線《りょうせん》にさしかかるころ、空は目もくらむほどの朱《しゅ》に染まる。西を染め抜いた朱の色は、茜《あかね》色から橙《だいだい》へと光を落とし、青、藍《あい》と移り変わって濃紺の東の空へと連続する。東を切り取る美《うつくし》ヶ原《はら》の稜線には、すでに夜の気配が濃い。

日常を彩る束《つか》の間《ま》の非日常は、光と色の饗宴《きょうえん》である。

栗原一止が、しばし身じろぎもせず窓の外を見上げていたのは、その見事な夕空に心を奪われていたからでは全くない。ただ単純に、眼前の現実から目をそらしたかったからである。

無論、目をそらしたからと言って、事情が変わるわけではないから、ゆるりと首をめぐらして、ろくでもない現実へと舞い戻ってくる。ろくでもない現実とは、すなわち卓上に積み上げられたカルテの山と、待合室を埋める多くの患者たちだ。

「今夜も当直よろしくね、栗原先生」

診察室に顔を出してそう言ったのは、救急部副師長の外村《とむら》看護師である。覗《のぞ》きこんだベテラン副師長は、ぐったりとした顔の一止に苦笑する。

「当直始まる前から、なんか顔色悪くない？」

「当直が始まるから、顔色が悪いのだと思います」

そんな一止のささやかな皮肉をあっさり押しやるように、サイレンの音が聞こえて来る。ステーションを振り返った副師長が「どこからの救急車か確認して！」と叫ぶのを聞いて、一止は軽く額に手を当てた。

「どこから来るか確認しなければいけないということは、ほかにもいるということですね」

「説明が省けて助かるわ。今のところ、四賀《しが》村と穂高から一台ずつ。今夜も〝引きの栗原〟は、絶好調みたいね」

「引きの栗原？」

「知らないの？　栗原一止が当直に入った夜は、患者が一・五倍になるってジンクスよ」

一止は眉を寄せる。

「私はまだひとりでは何もできない研修医ですが……」

「研修医だろうと上級医だろうと患者が増えるのは事実なんだから仕方ないでしょ。勤務四か月目にして、こんな魅力的なジンクスを築き上げた先生に、みんな感心してるんだから」

「もっとも」と、カルテを整理しながら続ける。

「夜勤の看護師にとっては、感心ばかりもしていられない、死活問題なんだけどね」

当の研修医にとっても充分に死活問題なのだが、その点は考慮されていないらしい。

「穂高からです、交通事故の救急車」

とホットラインを握っていた看護師が振り返った。

「二十五歳、男性、二分で入ります」

外村副師長はカルテを置き、一止は卓上に放《ほう》り出していた聴診器に手を伸ばす。

「どうする？　今日の指導医は板垣先生だけど、最初から呼ぶ？」

「つい先ほど、部長先生に〝俺が研修医だったころは、三か月目には独り立ちしていたぜ〟と言われたばかりです」

「がんばれってことね」

肩をすくめた外村副師長に、一止は立ち上がりながら答えた。

「患者の様子が危なそうなら、私の許可など取らずにすぐ部長先生を呼んでください」

「もちろんよ」

「頼りにしています」

答えた一止は、すぐに救急口に足を向けた。


栗原一止は一年目の研修医である。

勤務する本庄病院は、松本駅にほど近い病床数三百床超の総合病院だ。一般診療から救急医療までを幅広くこなす地域の基幹病院である。

信濃大学医学部を卒業した一止が、大学病院ではなく一般病院たる本庄病院への就職を選択したことに、格別の志があったわけではない。ただ松本という町が好きであったということと、24時間365日患者を受け入れるというこの病院の、いささか無謀とも思える理念に惹《ひ》かれるところがあったからだ。

無論、高い理想はそれを支える尋常ならざる努力によって成り立っているのであって、研修医になったということは、まさにその努力の側に回ったことを意味する。

時候は降り注ぐ陽光も鮮やかな夏八月。

一止は、研修医という新しい肩書のもとで、驚きと困惑と緊張に満ちた目の回るような日々を送っている。


「やっぱさぁ……」

すぐ目の前を歩く堂々たる体躯《たいく》の指導医が、肩越しに一止を顧みながら口を開いた。

「栗ちゃん、お祓《はら》いに行ってきた方がいいんじゃない？」

本庄病院内科部長であり、かつ、研修医一止の指導医でもある板垣医師だ。大きな腹をゆすりながら磊落《らいらく》な笑い声を響かせるその姿から、一止はひそかに〝大狸《おおだぬき》先生〟と名付けている。

その大狸先生が、しかしぐったりとした顔で眩《まぶ》しい朝日に目を細めながら、病棟廊下を歩いていく。

「結局、朝まで一睡もできなかったじゃねえか」

「本庄病院の当直というのはそういうものかと思っていましたが……」

ああそうか、と大狸先生は得心したようにぽんと軽く腹を叩《たた》く。

早朝の、まだひと気の少ない廊下に、妙に景気の良い音が響く。

「引きの栗ちゃん自身は、毎回引いているからわからねえわけだ。もうちっと楽な夜だってあるんだぜ」

「すいません。先生にはご迷惑をおかけします」

「真面目《まじめ》に謝る奴があるかよ。事務長なんてこの前珍しく嬉《うれ》しそうな顔してたぜ。栗ちゃんが当直の夜は受診者が増えて、収入が伸びるってよ」

「なんでしたら、当直のない日もこっそり救急部に出向きましょうか。夜勤の看護師たちの恨みを買うことは間違いないと思いますが」

一止の精一杯のユーモアに、大狸先生は大きな腹を揺らして笑った。

そんな他愛《たわい》もない会話をしながら、早朝の病棟回診をするのが、一止と大狸先生の日課である。

二人が回るのは消化器内科病棟である西3病棟なのだが、消化器内科といっても、専門分野ばかりを診ているわけにはいかない。高齢社会においては、患者の多くを、お年寄りの肺炎、心不全が占めている。そういう患者は寝たきりであったり、そうでなくとも認知症があることが多く、会話自体が成り立たない。

初めて内科病棟を回診したときは、動ける人の少なさに、一止もずいぶん驚いたものである。

「相変わらず、まともに話ができる患者の方が少ねえなあ」

病棟を歩きながら、大狸先生は無遠慮なつぶやきを漏らしている。

「ま、外科病棟に行きゃ、もう少し人間らしい人間がいるんだが、内科病棟ってのはこういう世界なんだよ」

いちいち危険な言葉が飛び出してきて、一止としては返答に窮するのだが、事実は事実であって、表面をいくら美辞麗句で糊塗《こと》しても、寝たきり患者が歩きだすわけではない。

少なくとも、手足が拘縮《こうしゆく》し、天井を見上げたままぴくりとも動かず、鼻から管が入ったまま、静かに呼吸だけをしている患者の姿を、人間らしいとはなかなか言い難いであろう。

「おはようございます、板垣先生、栗原先生」

回診中に、そんな明るい声を聞かせてくれる患者も、無論いる。

総胆管結石で入院中の高山《たかやま》仁平《にへい》さんだ。八十五歳という高齢ながら一人暮らしをしている人物で、すでに結石は内視鏡治療で取り除いたから数日後には退院予定である。

「高山さんが帰っちまうと、また会話ができる患者が減っちまうなぁ」

「なんでしたら、先生。もう少し入院していましょうか？　ここにいると三食昼寝つきで楽なもんで……」

「心配しなくても、どうせあの世に行く前にはまたここを通るんだ。元気なうちは退院してくれや」

診察している一止の上で、そんなろくでもない会話が交わされている。積み上げてきた経験と信頼があるからであろう。一止がこういう会話をするには、まだ足りないものが山のようにある。

「うらやましいですな、退院ですか」

そんなことを隣のベッドから言ったのは、國枝正彦《くにえだまさひこ》さん、七十二歳の男性である。

昨夜の当直帯に嘔吐《おうと》を主訴に救急部を受診し、症状が改善するまで入院で様子をみることにした患者だ。

「どうですか、國枝さん、お腹《なか》の調子は？」

一止の声に、國枝さんは穏やかな笑みでうなずく。

「すっかりいいですよ。なんで吐いたか、よくわからないくらい」

頭髪には年相応に白いものがまじり、目じりには深い皺《しわ》が刻まれているが、目元の光は明るい。どことなく学者然とした風貌《ふうぼう》の紳士である。

「なんか拾い食いでもしたんじゃないかい？」

とまた大狸先生がひどいことを言っているのに対しても、愉快そうに笑いながら、

「ここのところ仕事が忙しくて、東京と行ったり来たりの生活だったものですから」

「疲れがたまっていましたか？」

「いや、人の世の毒気に当てられたのかもしれませんな」

粋《いき》な返答が戻ってくる。

「すぐにでも退院できそうだが、胃カメラくらいは見ておきますか、國枝さん。潰瘍《かいよう》でもできてると大変だ」

大狸先生が、ぽんと一止の肩を叩きながら続けた。

「栗原先生がやってくれます。丁寧に見てくれますから心配いりませんよ」

唐突な言葉に、軽く一止は目を見張った。

大狸先生のもとで研修を開始して四か月。胃カメラの見学や模型でのトレーニングはさんざん積んできたものの、実際の患者に検査したことは一度もないのだ。無論、何事にも〝最初〟は付き物だが、それにしても不意打ちである。

しかし、大狸先生はいつもの磊落な笑顔のまま構いもしない。

「静脈麻酔っつって、寝てる間に終わりますから、楽なもんです。何もなければ明日退院ってことでいきましょう」

「そうですか、では栗原先生、よろしくお願いします」

國枝さんが丁寧に頭をさげる。

一止は精いっぱいの平静を保ったまま「はい」と答えた。

研修医生活は、相変わらず困惑と緊張に満ちている。

〝医者は、何でも知っているように振る舞うことが肝要だ〟

かかる乱暴な至言を述べたのは、ドイツの作家ハンス・カロッサである。

乱暴でありながら至言であるのは、それが、医療現場におけるある種の真理をついた言葉であり、かつカロッサという人物自身が、謹厳で知られた巷間《こうかん》の医師であったためであろう。

「『若い医者の日』ですか。また味わい深い本を読んでいますね、ドクトルは」

下宿のコンロで湯を沸かしていた一止は、柔らかな声に背後を振り返った。

キッチンテーブルに置いた一止の本を覗き込んでいるのは、銀縁眼鏡の爽《さわ》やかな青年だ。

「ドクトルの読書は漱石専門かと思っていましたが、さすが懐が広いですね。いまどきカロッサなんて、知っている人の方が少ないですよ」

「そういう学士殿こそ、さすが博学だ」

「私の専門はニーチェですからね。カロッサは、ニーチェの同時代人です」

広々としたキッチンに、落ち着いた声が響いた。

青年は下宿「御嶽荘《おんたけそう》」でともに暮らしている「野菊の間」の住人、学士殿だ。信濃大学で哲学を専攻している大学院生である。

「御嶽荘」は、松本城にほど近い閑静な住宅街にある古びた日本家屋で、もとは旅館を営んでいた建物だ。比較的多くの部屋があることや広々としたキッチンを生かして、今は下宿を営んでおり、一止もここの「桜の間」の住人なのである。

深夜二時に帰宅した一止は、キッチンでコーヒーを淹《い》れているところで、学士殿と顔を合わせた次第であった。

「飲むかね？」と問うた一止に、学士殿は「ありがたく」と会釈する。

一止はコーヒーカップをもうひとつ取り出して卓上に並べた。

「今日の御嶽荘は静かだ。男爵と専務はどうしたんだ？」

「男爵ならそこにいますよ」

学士殿が少し声を落として隣の居間に目を向ける。

ウイスキーボトルの置かれたちゃぶ台の横に、大の字を書いて心地よさそうに眠っている男がいる。「桔梗の間《ききょうのま》」の住人、自称絵描き《えか》きの男爵だ。あくまで自称ということであって、本当に絵を描いているところは一止も見たことがない。無類のスコッチ好きで、居間を占有して酔いつぶれているのはいつものことである。

「ドクトルと酌《く》み交わすんだと言って待っていましたが、ひとりで飲んでつぶれました。専務の方はついさっきまで起きていたんですが……」

「まだ起きてるんですけど」

不意の声にふたりは振り返る。

ぼさぼさの寝ぐせ頭にジャージ姿の女性が、頭を掻《か》きながら入ってきた。学士殿が軽く肩をすくめた。

「すいませんね、専務。うるさかったですか？」

「別に気にしてません。私もともと、どこでも寝られる人だから」

欠伸《あくび》を嚙《か》み殺しながら、とん、と椅子《いす》に腰をおろし、物珍しげにカロッサを眺めやる。

「なんだかまた難しそうな本、読んでるんですね」

「格別、難解を気取った本ではない。専務も読むならいつでも貸すが」

「結構です」

「コーヒーはどうする?」

「いただきます」

一止は三つ目のカップを並べた。

専務の住む「椿《つばき》の間」は、玄関を入ってすぐにあり、キッチンの向かいでもあるから、物音がすぐに聞こえてしまう。人によっては不眠になりかねない環境だが、当人はその点、全く頓《とん》着《じゃく》していない。気が向いた時だけ出てくるのである。

ちなみに彼女は、市街地の金融機関に勤めるＯＬであって、専務でもなんでもない。一年目新人の社会人だ。

その呼称の謂《い》われは、彼女が自分の会社の専務に一目ぼれをしており、ことあるごとに「専務の話」をすることから、男爵が名付けたのである。ひどい話だが、呼ばれる当人がさして気にも留めていない。のみならず、「専務のことが思い出せて、幸せなくらいです」などと答える、存外に頑強な精神の持ち主でもある。

「ほんと、ドクトルってすごいですね。毎日この時間まで仕事なんて」

「回診してカルテを書いて、それから教科書を開いていればこの時間になってしまう。研修医の仕事の九割ははったりだと言うが、はったり以外の部分をもう少し増やしたいと思っている」

「それだけ働いているのに、これからコーヒー飲みながら、本を読もうっていうんだから、ほとんど変態だと思いますよ」

新人の社会人らしい無遠慮な言葉に、まだ学生の学士殿の方が笑っている。

「寝れば体は休まるが、心の疲れは取れるものではない。人間は歯車ではないのだ」

「だいぶ疲れているみたいですね、心身ともに」

学士殿の声に、一止は軽く肩をすくめて、

「毎日、医療の神様が、これでもかというほど愛の鞭《むち》をふるってくれるからな。そろそろ神様の方が腱鞘炎《けんしょうえん》で手を痛めるのではないかと心配になってくる」

学士殿と専務が同時に小さく笑い声をあげた。

一止は黙って、三人分のコーヒーを淹れていく。ゆっくりと満たされていく黒い液体を眺めながら、その頭の中に浮かんでいるのは、昼間に施行した医者人生最初の胃カメラだ。

カーテンを閉めた薄暗い内視鏡室である。

鎮静剤が投与され、國枝さんが眠ったことが確認されたところで、大狸先生の合図のもと、一止は胃カメラを挿入した。

口腔《こうくう》内に入り、最初の難関の喉《のど》もすんなりと通過して、食道に入る。

初の胃カメラとしては上々な滑り出しに、介助の看護師が、「さすがですね」と率直な感想をもらしたが、傍らの大狸先生は無言である。内視鏡のときの大狸先生は、常と異なる緊張感がある。

食道で規定の枚数の写真を撮り、食道胃接合部を越えて胃の中に到達する。スムーズでしかも速やかな検査であった。一止はかすかな安堵《あんど》を覚えつつ、胃の奥へとゆっくりと入っていったところで、しかし突然、動きを止めていた。

モニター上に、唐突に赤黒い血液の付着した大きく凹《へこ》んだ空間が見えたのだ。無論、模型では目にすることのない景色だ。

〝さすが栗ちゃん、初めての胃カメラで、いきなり病変にぶつかるとはなぁ〟

一止の緊張とは裏腹に、大狸先生の声はあくまで穏やかだ。

〝診断は？〟

しばし動きを止めていた一止は、慌てて写真を撮りながら応じた。

〝胃潰瘍です〟

〝バカだなぁ、栗ちゃんは〟

静かな声とともに大狸先生が手を伸ばし、一止の手から胃カメラをすくい取った。

〝胃癌《いがん》だよ〟

そう告げる指導医の肩が、いつもより一段と大きく見えたものであった。

これも医療の神様の差配だとすれば、ずいぶん乱暴なものだと、一止は思う。

コーヒーカップを手に取って、嘆息した。

國枝さんはすでに、手術を念頭においてCTなどの全身検査を開始する予定となっている。検査計画を立てることも、患者への検査説明も、まだまだ一止は不慣れであるから、ひとつひとつの指示に戸惑い、大狸先生からは笑われ、怒られ、からかわれ続けている最中だ。

カロッサの言うごとく、〝なんでも知っているように振る舞う〟余裕は、今のところ微塵《みじん》もない。

「お、いつのまにか皆勢ぞろいじゃないか」

いきなり太い声が降ってきて一同は居間を振り返った。

古風なパイプをくわえた年齢不詳の男が、にやにやと笑って立っている。言うまでもなく絵描きの男爵である。

「いい夢が見られましたか、男爵」

一止の言葉に、男爵は今の今まで眠っていたとは思えぬ悠然たる笑みで応じる。

「美女と美酒に囲まれた極楽のような夢ではあったが、せっかく朋友《ほうゆう》が帰ってきたとあれば、ことごとく投げ出して駆けつけるのが俺の信条だ」

どうだね？　と持ち上げたのはスコッチのボトルである。

「マクダフの三十年。近年稀《まれ》にしか手に入らない逸品だ」

専務がたちまち呆《あき》れ顔になった。

「最近、お金がないって言ってませんでしたか、男爵？」

「スコッチ代を抜いたら金がなくなったのだ。専務も一杯やるかね？」

「さすがに降参です。コーヒー飲んだら寝ます」

コーヒーを飲んで寝るというのも乱暴な話だが、矛盾なら山のように抱えているのが「御嶽荘」である。いちいち指摘する物好きもいない。

「私も今週中に仕上げなければいけない論文がありますので」

そう言って学士殿も立ちあがった。

一止はしばし沈思していたが、やがて男爵に椅子を勧めて答えた。

「いただきましょう、一杯だけ」

男爵が軽く目を細めてから、にやりと笑う。

「そう来なくては」

深夜の御嶽荘に、心地よいスコッチの香りが広がった。


「これは、ひどいことになっていますね」

ぽつりとつぶやくように言ったのは、内科副部長の内藤先生だ。

一見すると、痩《や》せぎすで顔色も悪く頼りない印象であるが、大狸先生の片腕として長らく本庄病院を支えてきた内科の大黒柱のひとりだ。大狸先生とは対照的な印象であるから、一止は勝手に〝古狐先生《ふるぎつね》〟と名付けている。

その古狐先生が顔をしかめて見つめているのは、壁のスクリーンに映し出された腹部ＣＴ画像である。

朝七時半、西３病棟カンファレンスルームには、一止のほかに、スクリーンを見つめている古狐先生とそのすぐ横で太い腕を組んでいる大狸先生がおり、後ろの席には、二、三人の病棟看護師の姿もある。毎週水曜日の朝、主だったスタッフで開かれる消化器内科カンファレンスだ。

大狸先生が目で合図をしたのを機に、一止はプレゼンテーションを開始した。

「患者は國枝正彦さん、七十二歳の男性です。三日前に嘔吐にて入院となりました」

「三日前に来たばかりですか……」

古狐先生が小さくため息をつく。

「胃前庭部、四分の三周性の３型胃癌です。提示しているのは昨日施行したＣＴになります」

一止が画像を提示していく間に、「ひどいことになっていますね」ともう一度古狐先生が繰り返した。

腕を組んでいた大狸先生が口を開く。

「多発肝転移、リンパ節転移、一部後腹膜浸潤《しんじゅん》から右の水腎《すいじん》までできたしている。相当質《たち》の悪い癌だ。治癒が望めるような状態じゃないな」

「でも」と少し驚いたように看護師のひとりが言う。

「國枝さん、とても元気そうで、入院後は吐いたりすることもなく食事もとれていますが……」

「進行が速いから、症状が追いついていないだけだろう。いつまで持つかだな」

淡々とした声が、淡々としているだけに、病状の厳しさを伝えている。

一止は黙って眉を寄せる。

一見元気そうに見える國枝さんに、胃カメラで胃癌が見つかっただけでも衝撃であるのに、追加で施行したCTはさらに厳しい現実を突き付けていたのだ。

「栗ちゃん、治療方針はどうする？」

唐突な問いに、しかし一止は背筋を伸ばしてすぐ答えた。

「胃の病変は放置すれば、出血や閉塞《へいそく》をきたします。癌をすべて手術で取りきることは困難ですが、胃病変だけでも切除したうえで、抗がん剤治療を開始するのが安全だと思います」

「それじゃ間に合わんな」

あっさりと大狸先生が告げた。

カンファレンスルームに静かな緊張が走る。

「セオリーとしては悪くない。だが、この患者に関しては、広範な後腹膜浸潤から右の水腎をきたしている。近いうちに左もやられる可能性が高い。するとどうなる？」

「腎不全……」

つぶやいてから、一止は眉を寄せた。

「抗がん剤が使えなくなる、ということですか？」

「そうだ。胃袋切って一安心ってやってる間に、腎不全が来れば一巻の終わりだ」

「最初から抗がん剤で行くべきでしょうね」

古狐先生がCTを眺めたままそうつけくわえた。

慌てて一止は答える。

「では、ただちに抗がん剤の治療計画を立てます。近日中には……」

「治療計画よりも、大事なことがあるだろ」

大狸先生が一止を遮った。

戸惑う一止に、大狸先生の鋭い視線が向けられる。

「患者への病状説明だ」

重大な仕事である。しかも、病状が病状であるだけに、容易でない仕事である。

大狸先生は腕を組んだまま、太い声で続けた。

「栗ちゃんが説明しろ」

「私がですか?」

一止が戸惑ったのは、癌患者への病状説明もまだ経験がなかったからだ。大狸先生のIC（インフォームド・コンセント）は何度も見てきたが、実際にやるとなると話が違う。なにより國枝さんへの説明は、相当に厳しいものになる。

「自分で見つけた癌だ。きっちり責任もってお前が手綱を握れ」

指導医の静かな言葉に、一止はただうなずくだけであった。

何事にも最初というものがある。

別に胃カメラやＩＣに限らない。採血から超音波検査に至るまで、医者になる以上は数年の間は初めてばかりが繰り返される。無論、初めてに当たった患者の側こそ迷惑な話だが、初めてを越えなければ次はないのだからこればかりはどうしようもない。

その点國枝さんという人物は、稀に見る寛容さと冷静さを持ち合わせた人物のようであった。胃癌という病名に続いて、多発の転移があり、手術で治せる状態ではないという情報を、たどたどしくも懸命に伝える一止に対して、むしろ気遣うような態度さえ見せて、穏やかにうなずいていた。

傍らには、終始、口も開かずうつむき加減で見守る夫人の姿があった。國枝さんと同じく髪に白いものの混じった品のよい婦人で、泰然たる態度の夫に比すれば、目元に涙を浮かべ動揺も見せていたが、結局最後まで取り乱すことはなかった。

情けない話ではあるが、三十分以上もかかった説明が終わった時、誰よりも疲労していたのは一止自身であったかもしれない。

話が終わり、大狸先生が立ち去り、スタッフステーションで説明内容をカルテ内に記載し終えたのは、すでに夜の十時も過ぎた夜半であった。

「お疲れ様です、栗原先生」

そんな声とともに、ことりと卓上に置かれたのは、コーヒーカップである。

顔をあげた一止の前に立っていたのは、少し心配そうな顔をした病棟の看護師だ。

勤め始めてまだ四か月の一止は、病棟看護師全員の名を把握しているわけではない。しかし、東西直美《とうざいなおみ》という目の前の看護師の名を覚えていたのは、彼女がてきぱきと仕事をこなし、時に適切な助言をくれる心強い存在であったからだ。


「大丈夫ですか、だいぶ疲れているみたいですけど」

「もうこんな時間でしたか……」

つぶやきながら、一止は軽く目元を指で押さえる。

「すいません、コーヒーまで……」

「板垣先生に、一杯入れてやれって言われたんです。なんにも考えていないようで、意外にいろんなこと見ている先生ですから」

微笑しながらそんなことを言う。

何も言わずにあっさり帰ってしまったから、頼りないＩＣに怒っているのかと思ったが、そうでもないのかもしれない。

「國枝さん、しっかりしてらっしゃいましたね」

病室の方に目を向けた東西の言葉に、一止は深くうなずき返す。

「いきなりの進行癌の説明に、あれだけ穏やかでいるというのは頭がさがります。しかも、私の要領を得ない説明に文句ひとつ言わない」

「國枝さんってもともと高校で国語を教えていた先生だったらしいですよ」

東西の声に、一止はなるほどと得心した。

どことなく学者然とした落ち着いた風貌と、理解の速さや静かな貫禄《かんろく》というのは、学校の先生という印象が確かに似合う。

「すぐに抗がん剤治療ですか?」

「こちらとしてはそうしたいところですが、とにかく一度退院したいという希望です。明日退院の上、来週の外来で相談する予定です」

「大変な治療が始まるんですね」

「大変ですが、劇的に抗がん剤が効く場合もあります。今はそれを信じて治療するしかありません」

一止は敢《あ》えて力強く告げてから、コーヒーカップに口をつけた。

一口飲んですぐに目を見張る。

東西の方が戸惑いがちに首を傾《かし》げた。

「どうしましたか?」

「いえ、とてもおいしいですね、こんなおいしいコーヒーは初めてです」

率直な言葉に、東西はほのかに照れ笑いを浮かべる。

「ただのインスタントですよ」

「ただのインスタントでこんなにおいしくなるとは知りませんでした」

「あんまり褒めすぎないでください。褒められるの慣れていないんですから。また時間があるときは、いれますね」

にこりと笑って、東西は身をひるがえした。

一止はしばしその背を見送ってから、またカップに口をつけた。


八月は、信州の一年のうちでも、もっとも明るい季節である。

しぶとく溶け残っていた北アルプスの雪もようやくその姿を消し、蒼天《そうてん》のもと、力強い稜線が露《あら》わになる。日差しはどこまでも鮮やかで、ほのかに色づき始めた稲田の穂まで眩しいほどだ。

しかしどれほど世の中が明るくても、一止の心は晴天とは言い難い。

「なーにが、〝こんなおいしいコーヒーは初めてです〟だ」

夜の病棟に、大狸先生の面白がるような声が響いた。

「栗ちゃんて、すました顔して、結構、口がうまいよな」

電子カルテに向き合っていた一止は、ちらりと指導医に目を向ける。

「どこから出てきた話ですか、先生」

「そこら中から出てきた話だ。おまけにあの、いつもツンケンしている東西が、〝また時間があるときは、コーヒーいれますね〟と答えたらしいな。たいしたもんだねぇ、栗ちゃんは」

ぽんぽんと腹を叩いて笑っている指導医の横で、一止は額に手を当てている。

「病院って場所をなめちゃいかんぜ、栗ちゃん。独身の医者が看護師に向かって、コーヒーおいしいですね、なんて言ったら、たちまち病院中の噂《うわさ》の種だ」

「何が噂の種なんですか？」

唐突な声に振り返れば、まさに話の渦中の東西が、コーヒーカップを二つ持って立っている。その目元に険があるから、空気が凍りつく。

「お、東西、なんか聞こえちゃった？」

「そうですね、もうコーヒーなんていらないって聞こえた気がしましたけど」

「いやいや、栗ちゃんと一緒に、いかに東西のコーヒーがうまいかって話をしてたんだよ。なぁ栗ちゃん」

なぁ栗ちゃん、はひどい話だと閉口しつつも、研修医たるものは指導医を立てるのが原則であるから、うなずくしかない。

どうでしょうか、と冷ややかな目線でありながら、東西はそれでもコーヒーカップを卓上に置いた。大狸先生はさっそく一口飲んで、「たしかにうまいね」などと気楽なことを言っている。

「國枝さんの話に戻してもよいでしょうか？」

一止の声に、大狸先生はようやく笑みを収めて研修医に視線を戻した。

國枝さんが、予約の外来に来なかった。

それが現在の一止にとっての最大の懸案なのである。

先週病棟でICを行い、本人の希望によって翌日退院となったあと、外来は一止が診ることになっていた。

まだ研修医であるから決まった外来診療の枠があるわけではないのだが、大狸先生の「國枝さんはお前が診ろ」の一言によって、今週、内科外来の一部屋を借りて、一止が診察する予定であったのだ。

しかし、予約の時間になっても國枝さんと奥さんは、姿を見せなかったのである。

「家には電話したのか？」

「看護師から連絡を入れてもらいましたが、自宅の電話はつながりませんでした」

「ほかに家族は？」

「娘さんが東京にいるという話は聞いていましたが、連絡先までは……」

ふむ、と大狸先生は腕を組む。

東西が心配そうに口を開いた。

「なにかあったのでしょうか？」

「なにか起こり得る病態ではありますが、奥さんがいます。問題があればすぐに連絡してくれるはずです」

「交通事故にでもあったらあったで、まず運び込まれてくるのがこの本庄病院だしな」

大狸先生の縁起でもない発言は、しかし事実ではある。少なくとも救急部にも國枝さんは来ていない。

「栗ちゃん的には、なにか心当たりがあるのか？」

「心当たりというほどではありませんが……」

少し首を傾げてから、一止は続けた。

「抗がん剤治療の話をしたときに、とりあえずすぐに治療をするのは待ってほしい、と言っていたことが気になります。なにか治療を始めるのを妨げるような事情があったのかもしれません」

一止のそんな情報が、しかし問題を解決してくれるはずもない。

「どっちにしても連絡とれねえんじゃ、仕方ねえわな」

その通りである。いくら天下の大狸先生と言えども、念力で患者を見つけてこられるはずもない。

一止も軽くため息をついた。

そのため息に重なるように東西が言った言葉に、二人とも同時に顔をあげた。

「でも、國枝さんの家って、たぶんすぐそこですよ」

驚くふたりに続けて、

「たしか住所見たときに病院のすぐそばだって思ったんです。たぶん病棟のデイルームから見えるんじゃないかと思いますが……」

一止と大狸先生は、思わず顔を見合わせていた。

本庄病院の北側には古い町並みが残っている。

もともと松本は戦争での焼失を免れた町であるため、狭い路地や古い民家が多く残されているのだが、駅前から深志《ふかし》神社にいたる一帯は、築数十年の古民家が軒を連ねて古色を漂わせている。昨今はそれでも徐々に開発の手が伸びているものの、今時、車も通れないような細い路地がそこかしこにある。

「國枝」の表札をさげた立派な門柱のある家は、そんな町並みのただ中に、存外すぐに見つかった。驚いたことに、普段から一止が歩いていた通勤路の途上であった。手入れの行き届いた松の木が頭上に伸び、飛び石が続く玄関は千鳥破風《はふ》をあしらった風格のある造りだ。民家というよりちょっとした屋敷の感が強い。

夜九時、という時間に、家に押しかけようと考えたわけではない。

どちらかと言うと帰り道の途中にあるその場所を、様子を窺《うかが》いながら通ってみようと思っただけである。そんな通りがかりでありながら一止がふと足を止めたのは、家に灯《あか》りがともっていたからだ。

おや、と足を止め、なんとなく門内を覗き込んだところで、庭に面した縁先のガラス戸がカラカラと開くのが見えた。小柄な國枝夫人が、洗面器の水を庭先に空けている。空け終わって顔をあげたところで、門灯の下に立つ一止と目が合った。

「あ」と小さな声をあげてのち、夫人は「まあ先生」と一止が驚くほどのしっかりとした声をあげて微笑《ほほえ》んだ。

「すいませんなぁ、先生」

一止を出迎えた國枝さん自身も、夫人に劣らず元気そうであった。

夜半のしかも唐突な来訪を遠慮しようとする一止を、強引に家に上げて、國枝さんは書斎に通したのである。

「連絡もせずにすいませんでした。今日は急な用事で朝から出かけていたものですから……」

そんなことを言いながら、黒光りする使い込まれた木製の椅子を勧める。

一止が戸惑ったのは、かかる不可思議な成り行きのみならず、通された書斎の見事さであった。

四方の壁ことごとくに重厚な装丁の書籍が山のように詰め込まれ、文字通り本の壁となっている。漱石や鷗外《おうがい》は無論のこと、ドストエフスキーからバルザック、スタインベックと世界中の作品が、堂々たる背表紙を見せて壁を埋めているのである。改めて、もと国語の先生だったと言っていた東西の言葉を、一止は思い出していた。

「すごい蔵書ですね……」

「これでも一部ですよ。そういえば、栗原先生は夏目漱石が好きでしたね」

「よく御存じで」

戸惑う一止に國枝さんはにこやかだ。

「いつでも白衣のポケットに漱石が入っている変わった先生だと、病棟の看護師さんが言っていましたよ」

また勝手な話が出回っているようだが、今は看護師の噂話に異論を唱えるところではない。夜半に失礼を承知で上がり込んでしまったのは、無論、ほかに話すべきことがあるからだ。

そんな一止の胸中を十分に理解していたように、國枝さんが少し表情を改めて口を開いた。

「治療の件ですね、先生」

そのまますぐには続けず、ちょうど夫人が持ってきた茶を一止に勧めて、自らも湯呑《ゆのみ》を手に取った。

ぶ厚い樫《かし》の木のデスクの上には、革張りという、今では目にすることもない装丁のカミュの『ペスト』が開かれたまま置かれている。その隣に湯呑を置いてから、國枝さんは口を開いた。

「どうしても治療をしなければいけませんか、栗原先生」

「國枝さん……」

困惑顔の一止に、すぐに國枝さんが続ける。

「いや、治療を投げ出すという意味ではないのです。ただあと一か月、治療開始は延期したいと思っていて……」

「理由を教えていただけませんか？」

一止としては、遮らざるを得ない。今いくら本人が元気そうでも、腹中にある病変は相当に広い。そもそも時間的なゆとりがないのだ。

國枝さんは一度夫人と顔を見合わせてから、静かに答えた。

「ちょうど一か月後、娘の結婚式があるのです」

初耳である。

「すいません、もっと早くお伝えしておけば良かったのでしょうが、我々もやはり動転していたのでしょう。今日もその準備のために家を空けておりました。妻ともども、娘の式はぜひとも力を尽くして祝ってやりたいと思っているのです」

「それはもちろんでしょうが……」

思わぬ展開に戸惑う一止の傍らでは、夫人もうなずいている。

だが〝それはまことにおめでたい〟と手を叩いて引きあげるわけにはいかない。

「治療開始が遅れると、治療そのものができなくなる可能性があります。そんな状態で一か月待つというのは……」

「しかし治療を開始すれば、副作用などで動けなくなる可能性もあるのでしょう？」

「それはもちろんですが……」

「であれば、私はこのまま娘の式に臨みたい」

きっぱりと、ある種爽やかなほどの態度で國枝さんは答えた。

医療という土俵の上で、懸命に軍配を振り回している一止に対して、國枝さんは最初から土俵の外にいる。こうなると、まだ駆け出しの研修医にすぎない一止には、決まり手を定めようもない。

「我々ふたりにとっては、ずいぶん遅い時期になってようやく授かった一人娘なんです。是が非でも、晴れ姿を祝ってやりたい。妻も私の選択については承知しています」

「その娘さんの方は、病気についてご承知で？」

ようやく返したその問いに、國枝さんは痛いところを突かれたといった顔をした。

すぐに一止は言葉を重ねた。

「知らないのですか？」

「せっかくの吉事です。結婚式の前には伝えたくないと思っています」

「つまり」と一止は眉を寄せた。

「治療ができなくなる可能性があるような重大な決断をするのに、娘さんは何も知らないままということなんですね」

「まあ、そういうことになります」

國枝さんは、いくらか決まり悪い顔をしているが、語調はあくまで穏やかだ。

当の病人が穏やかで、病人でない一止の方が険しい顔というのは妙な話である。

「勝手なことを言っているのはわかっているのです。しかし、この年まで生きていると、大事なことの順序というのは、しばしば入れ替わるものでしてな」

「よろしくお願いします」と夫人まで口添えをした。

存外二人が連絡もせずに外来に来なかったのは、一止の頑強な反対を回避するために計算ずくだったのではないかと思えてくる。七十歳をすぎた夫婦だ。人生経験は一止の比ではない。

一止は、ため息をつきつつ、なお食い下がった。

「もう一度言いますが、一か月たてば、治療ができなくなる可能性があります」

「わかっています」

「のみならず、一か月後には、元気で結婚式へ行くことさえできなくなっている可能性もある」

「その点も承知している。ベストな選択肢がない以上、ベターを選ぶしかないと思っているのです」

「では」と、束の間の沈黙ののち、一止は深々とため息をついた。

「せめて週一回、私の外来には通院し、胃薬は必ず飲むようにしてください。そして治療ができる時期がきたらすぐに化学療法を開始する」

その言葉に、國枝さんは、嬉しげに微笑んで、大きくうなずいた。

書斎にただよっていた緊張が、一時にゆるんだようであった。

「先生は変わり者ですな。こんな年寄りの家にまでわざわざ訪ねてきてくれる。〝今、多くの人間が病んでいるのに、なぜ私ひとりに構うのかね〟」

「トルストイですか」

お、と國枝さんは少し驚いた顔をしつつも、どこか楽しそうだ。それに構わず一止は答えた。

「私の患者だからです」

「……?」

「なぜ私があなたに構うのか。それは國枝さんが私の患者だからです。答えとしては不十分ですか？」

國枝さんは少し目を細め、それからおもむろに頭をさげた。

「十分です。どうやら先生には、ずいぶんご心配をおかけしたようだ。申し訳ない」

國枝さんの隣で夫人もまた丁寧に頭を下げた。

かくして、週一回の見守るだけの通院がはじまったのである。


研修医一止の朝は六時の起床から始まる。

「桜の間」で布団から出た一止はすぐに着替えると、歯ブラシをくわえて部屋を出る。二階の一番奥にある部屋から、うっすらと明るみ始めた廊下を歩いて一階のキッチンへ向かう。

「おはようございます、ドクトル」という涼しい声は、誰よりも早起きの学士殿のものだ。

コンロで湯をわかしながら、片手で本を開いて読書にいそしんでいる。

「おはよう、学士殿」

歯ブラシをくわえたまま窓の外を見上げれば、晩夏の空は雲ひとつなく晴れ渡っている。

「今日もいい天気になりそうですね」

「空は晴れども、心は晴れず」

そんなつぶやきに、学士殿が苦笑する。

「相変わらず、医療の神様が鞭をふるっているんですか？」

「ああ、ひどいものだ」

投げやりに答えながら、一止は居間に向かう。居間の一番隅の天井に古びた神棚が祀《まつ》られている。以前は埃《ほこり》まみれになって忘れ去られていたのだが、先日、一止が数時間かけて拭《ふ》き掃除をして、今は少なくとも、見た目だけは往時の威厳を取り戻しつつある。

その古びた神棚に向かって、一止は手を合わせた。

「珍しいですね、ドクトルが神頼みをしている」

「せっかく医者になったのに、治療もできず、祈るしかない患者がいるのだ」

ため息交じりにキッチンに戻ってきて歯磨きを再開する。

「あと一か月、腎臓が持ちこたえてくれればいい。ただそれだけのお祈りだから、意地の悪い神様も、今度ばかりは聞き届けてくれるかもしれん」

不思議そうな顔をした学士殿はしかし多くは問わない。元来が細かな詮索《せんさく》はしない青年だ。

歯ブラシを洗ってうがいをして、ありがたくコーヒーを手に取ろうとした一止は、学士殿が居間の神棚に向かって手を合わせているのに気付いた。

顔を上げた学士殿がにこりと笑う。

「なにかできるわけではありませんが、どうせ祈るなら、ひとりより二人の方がいいでしょう」

「ありがたいことだ。私はどうも神様と折り合いが悪いから、学士殿の参戦は頗《すこぶ》る心強い」

「あれ？　どうしたんですか、学士さんがお祈りなんて」

声の主は、「椿の間」から出てきた専務だ。

いつものジャージ姿で、寝癖だらけの髪を無造作にかき回しながら、眠そうな顔を向けている。

「何のお祈りなんですか？」

「たいしたことではない。それより、もう少し身だしなみをなんとかした方がよいのではないか。意中の専務がよほどの寝癖好きだというのなら、構わんが」

「大丈夫です。ちゃんと専務の前では服装整えているんですから」

「そういう表と裏の使い分けって、意外と外から見てるとばれるものですよ」

学士殿の的確な指摘に、うっ、と言葉に詰まりつつ、専務はそれでも勢いを失わない。

「女は中身です。絶対、私の専務、捕まえてみせますから」

そんな平和な捨て台詞《ぜりふ》に、一止と学士殿は思わず顔を見合わせて笑った。


一止の当面の懸念は、國枝さんの腎不全がどのタイミングで来るか、ということになるのだが、腎臓ばかりを考えていても、他の業務がなくなるわけではない。

外来で大狸先生の診察を見学し、内視鏡室では國枝さんへの検査以来、少しずつ内視鏡に手を出すようになってきている。日が暮れれば、もちろん当直の時間になり、〝引きの栗原〟は相も変わらず絶好調の引き具合だ。

「診断は？」

深夜二時の救急外来診察室に大狸先生の声が響く。

「消化管穿孔《せんこう》……、おそらく大腸の穿孔と思います」

寝不足の青白い顔で応じる一止に対して、さすがに大狸先生は欠伸をしながらも目元には余裕の笑みがある。

「なるほど、そこを free air と読んだわけだ。しかし穿孔の割には、患者本人は軽い痛みを訴えているだけで、血液検査も結構正常だぜ」

大狸先生は、あくまで笑顔のままであるから、かえって表情が読めない。

一止は言葉を選びつつ、

「先月、救急部で診た下部消化管穿孔も同じような所見でした。外科の先生の話では、穿孔直後で、しかも高齢者であれば、痛みも血液検査もおとなしく見えることがあるから要注意だとのこと」

「じゃ、仮に穿孔だとしたら治療方針は？」

「下部の穿孔であれば、たとえ今元気であっても、緊急手術の適応かと……」

一止が言葉を切ったのは、傍らの指導医がにやにやと面白そうな視線を自分に向けていることに気づいたからだ。

「私の顔よりも、ＣＴを見ていただいた方がよいと思いますが……」

「十分だよ」

ひとつ大きくうなずいた大狸先生は、白衣のポケットから缶コーヒーを二本取り出し、一本を一止の前に置いた。

「研修が始まってそろそろ半年。だいぶ物が見えるようになってきたみたいだな」

ぽん、と自前の大きな腹を叩いて笑う。

大狸先生は自分の缶コーヒーを開けながら、「外村ちゃん」と診察室の外に声をかけた。すぐに副師長が顔を出す。

「外科の甘利をコールしてくれ」

「手術ですか？」

「我らが優秀な研修医が、下部穿孔の診断をつけてくれた」

「お手柄ね」と外村は一止に笑顔を向ける。

まだまだ立ち回りのぎこちない一止に対して遠慮のない批評をくわえる外村副師長だが、こういうときは率直な賛辞を惜しまない。

「この前は、外科の甘利先生にも褒められていたし、結構な活躍ね、栗原先生」

「外村、余裕をかましていられるのも今のうちだぞ。患者は元気そうに見えるかもしれんがじきにショックになる。赤の部屋に移してモニターをつけておけ」

「了解です」と慌てて飛び出していく外村を見送って、大狸先生は大きく伸びをした。

とりあえず、この穿孔の患者でいったん救急患者は途切れたのだ。

〝引きの栗原〟の夜にしては、珍しくもありがたい事態である。

「國枝さんの方はどんな様子だ？」

缶コーヒーを傾けながら、そんなことを問うた。

「娘さんの結婚式まであと二週間。いまのところ腎機能を含めて変わりません。食事もとれていて思いのほかに全身状態は良好です」

「そりゃ結構なことだ。家にも何度か足を運んでるらしいな」

大狸先生の言葉に、一止は遠慮がちにうなずく。

「少し踏みこみすぎでしょうか？」

そんな問いに、大狸先生はすぐには答えない。

國枝さんの自宅は、一止の通勤路上にある。

これまでは格別意識しなかったことだが、気が付いてしまえば自然その立派な屋敷が視界に入ってくる。ときに早めの帰宅がかなった日は、玄関先に箒《ほうき》をかけている夫人に出会うことがあり、できるだけ挨拶《あいさつ》だけで立ち去るのだが、ともすれば書斎にまで招き入れられて茶を馳走《ちそう》されることも稀でない。

図書館のような見事な蔵書に囲まれて、一杯の茶を飲みながら、國枝さんの深みのある声に耳を傾ける。結婚式の準備や娘さんの話、そして自らの蔵書についても。

もともと学校の先生だったというだけあって、國枝さんは話が巧みで、書斎を訪れるたびに、一止の方が活力をもらう心地がするのである。

「別にいいんじゃねえか」

ぽん、と大狸先生は腹を叩いた。

「そういうやり方も研修医の特権だろうさ。自分で初めて見つけた胃癌患者なんだ。どこまでも付き合えばいい」

指導医の声には不思議な温かさがある。

応援するわけではない。かといって突き放すこともない。その独特の距離感の中で、しかし確かに見守られているという安心がある。

東西の言っていた言葉が一止の心によぎった。

〝何も考えていないようでいて、よく見ている〟

そういうことであろうか。

「まあこの二週間を乗り越えたからといって、そのあとには長い化学療法が待っている。そんなに明るい未来があるわけじゃねえんだ。思うようにやるといいさ」

大狸先生の口調は穏やかでも、言葉は相変わらず冷厳なものだ。

全身転移の胃癌である。いくつもある関門をすべて乗り越えたとしても、愉快な結果が待っているはずもない。文字どおり〝奇跡〟でも起こらなければ着地点は決まっているのだ。一止の心中にざわめきがあるのは、國枝さんの穏やかな横顔と、胃癌と、死という言葉が連続性を持ち得ていないためであろう。これで良いのか。ふわふわとした不安定感がいつも一止の足元にはある。

ふいに、どんと背中を叩かれて、一止は我に返った。

「外科の甘利が到着だ」

指導医の悠々たる笑みがある。

「きっちりプレゼンしてこい」

一止は一礼して、席を立った。


九月に入ると、早朝の信州は急に冷え込むようになる。

まだ日中は十分に夏であるが、日が去ると気温はさがり、朝の涼気には秋の気配が濃厚だ。

民家の生垣や軒先を彩っていた凌霄花《のうぜんかずら》や百日紅の疲れ知らずの色彩は、ようやく姿を消し、路傍に秋桜《コスモス》が咲き、花壇に桔梗が揺れるようになる。

桔梗は一止の好きな花の一つだ。

その繊細な釣鐘型の花弁は、閉じているときは慎ましくぴったりと合わさり、開けばにわかに華やかな造形を見せる。晴れ渡った秋空のような澄んだ青が、信州の野によく映える。

御嶽荘のキッチンの窓から、ちょうど隣家の庭先に桔梗を眺めることができると一止が気付いたのは、九月に入ったばかりのことだ。花も華もない古下宿の生活においては思わぬ収穫だと、一止は毎朝のごくささやかな楽しみにしている。

「コーヒー、飲みますか?」

いつもの学士殿の声に、一止は「ありがたく」と応じた。

「また寝ていませんね、ドクトル。夜中に呼び出されていたでしょう?」

「退院した患者さんが、具合が悪くなって救急搬送されたのだ」

歯ブラシをくわえたまま、一止は肩をすくめる。

「二時ころでしたか?」

「呼ばれたのが二時で、帰ってきたのが四時」

「それで起床が六時というのは、ひどい生活ですね」

日常のごとく構えている一止に対して、学士殿の方が、心配そうな目を向けている。

昨夜、総胆管結石の治療をし無事退院していた高山仁平さんが、発熱と呼吸苦で救急外来に運ばれたのである。救急部の医師は結石の再発ではないかと一止に連絡をしてきたのだが、結果的には、肺炎と心不全であった。

二か月前には病棟で冗談を飛ばしていた高山さんが、顔もむくみ、酸素マスクをつけて朦朧《もうろう》としている姿を見たときには、一止も驚いたものだ。

八十五歳という年齢を考えればやむを得ない経過なのかもしれないが、一止としては人の命の転変を思わざるを得ない。

あとから駆けつけた大狸先生は、

〝言っただろ、あの世に行く前には、必ずここに立ち寄るんだって〟

夜が更けるとともに凄《すご》みを増してくる大狸先生のユーモアに、いささか鼻白んだ一止であったが、幸か不幸か意識レベルの低下している高山さんの耳に届くことはない。いささか急ぎ足の心電図の音と、ときおり思い出したように鳴る呼吸低下のアラームが、静かな病室の空気を震わせるばかりであった。

ぱんぱんとふいに大きな音が聞こえて、一止は居間へと首をめぐらせた。

奥の神棚の下で手を合わせているのは、「椿の間」の専務である。今朝はジャージ姿ではなく、すでにブラウスにパンツ姿だ。

「おはようございます、ドクトル、学士さん」

「おはよう、専務」

答える一止の怪訝《けげん》な顔を見て、専務もむしろ不思議そうな顔をする。

「なんですか、ジャージじゃないのがそんなに珍しいですか？　ドクトルが身だしなみって言ったんですよ」

「身だしなみのことではない。とうとう上司の心を射止めるのに、神頼みまでするようになったのかと呆れているのだ」

「専務のことじゃありません」

形のよい眉を動かして、少しばかりむっとする。

「お祈りすると、誰かの腎臓が良くなるんでしょ？　学士さんから聞いて手を合わせてるんです」

今度は一止が戸惑う番だ。

学士殿が肩を揺らして小さく笑っている。

「大変そうなドクトルに、してあげられることが何もないと言っていたものですから、神棚の件をお伝えしたんですよ」

なるほど、とうなずいた一止が神棚を見上げてさらに戸惑ったのは、祀ったお札の横に、スコッチの小瓶を見つけたからだ。未開封である。

「男爵からの捧《ささ》げものです」という学士殿の声に専務の声が重なった。

「秘蔵の一本だとかって言ってましたけど、腎臓にアルコールってあんまり良くないんじゃないですか?」

「別に患者さんが飲むわけではありません。神様が飲むんだから大丈夫でしょう。まして男爵が隠し持っていたほどの逸品ですから、きっとご利益《りやく》がありますよ」

なにやら訳のわからない話になっている。

二人のやり取りを耳にしながら、しばらく一止は神棚を見上げたまま佇《たたず》んでいた。

当初「御嶽荘」に引っ越してきたときは、ひどい下宿に来たものだと頭を痛めていたものであった。

始終酒ばかり飲んでいる男爵、博識だが生活感のない学士殿、専務の話ばかりしている専務。奇人変人は、医学生時代の「有明寮」で十分に鍛えられてきたつもりであったが、「御嶽荘」はそれに勝るとも劣らない。これは深くかかわらぬうちに早々に退去すべきか、などと案じていたのだが、いささか浮薄《ふはく》な判断であったかもしれない。

一止は神棚を見上げたまま、人知れず苦笑をこぼした。

この、古びた棚に向かって、住民皆がそれぞれに手を合わせてくれている。思い浮かべてみると、腹の底が何やら温かい。

なんとなく、久しぶりに笑ったような心地であった。


「高山さん、だいぶヤバそうだな」

消灯時間のすぎた薄暗い病棟に、大狸先生の声が響いた。

いつものごとく、朝から外来、病棟、内視鏡と駆け回って、最後の患者カルテを記載していた時間だ。時計はすでに夜の十二時である。

「お疲れ様です、先生」

一止は回転椅子をめぐらせて、指導医を振り返る。

「こんな遅い時間までありがとうございます。大丈夫ですか？　ろくに寝ていないはずですが……」

「お互いさまだろ。俺には優秀な研修医がついているから、ほどほど休みながらやってるのさ」

臨床だけでなく事務方との会議も目白押しの大狸先生が休んでいるとは思えないが、そこは研修医が口を挟むところではない。ただ黙礼するだけだ。

「高山さんですが、思いのほかに心不全が進行しています。利尿剤を増やしても尿量が十分でなく、呼吸も不安定です。呼びかけにも返答はありません」

「家族は？」

「遠方から息子さんが先ほど到着しました。厳しいこともあると話してあります」

いいだろう、とうなずいた大狸先生はステーションのすぐ向かい側の病室300号室に目を向ける。

重症患者の入るその部屋では、多数の点滴がぶらさがり、酸素マスクのつながった高山さんが、痰《たん》のからんだ嫌な呼吸を繰り返している。

「國枝さんはどうだ。今日が栗ちゃんの外来日だったんだろ？」

病室を眺めていた大狸先生が、気を取り直したように問うた。

「ご本人は元気です。少しやせてきていますが、退院してから一度も吐いてはいませんし、痛みも目立ちません。明日が結婚式ということで、今日の午後の特急で東京に出発しました」

「そりゃ目出度《めでた》い。たまにはそういう話もないと気が滅入《めい》るからな」

ぽん、と景気よく大狸先生が腹を叩く。

「あの質の悪い癌を相手に、ここまで持ってきたんだ。栗ちゃんの気持ちが通じて、奇跡のひとつくらい神様が起こしてくれるかもな」

ぽんぽんと愉快気に腹を叩いていた大狸先生の手が、にわかにぴたりと止まった。一止がモニター上にその日の國枝さんの血液検査を表示したのだ。

軽く目を細めた大狸先生は、束の間の沈黙ののち、語を継いだ。

「腎不全か……」

一止は黙ってうなずく。

先週まで貧血以外は比較的良好な数値であった画面に、真っ赤な数字が並んでいる。

「まだカリウムは上がってねえな。だが恐れていた時が来たってことか」

もう一度、一止はうなずく。

脳裏には、今朝外来に来ていた國枝さんの顔が浮かんでいる。

見た目はあまり大きな変化は出ていないが、いくらか頰《ほお》の肉が落ち、髪もさらに白いものが増えている。それでも目元には明るい光があり、画面上の赤い不吉な数値とは奇怪な対照をなしていた。

「尿管ステントについては検討したのか？」

「単純CT画像を追加して泌尿器科にコンサルトしましたが、狭窄《きょうさく》部位が長すぎて成功率は低いと返事をもらいました。なにより、ステント留置で出血や発熱を起こせば、入院が必要になる、と」

明日の結婚式に出られなくなる、ということである。

「神様は奇跡が嫌いらしいな」

「神棚にばかり日参していましたが、次からは教会に鞍替《くらが》えしようかと思っています」

一止のかろうじて吐き出した皮肉が、むなしくステーション内に消えていく。

パタパタと足早にすぎていく夜勤の看護師の後ろ姿が見えた。

「國枝さん本人には伝えた上で、出発させたのか？」

「いえ、伝えていません」

一止の応答に、しかし大狸先生は眉ひとつ動かさなかった。

「だろうと思った」

「國枝さんは自分の病気を娘さんには黙っているのです。私もひとつくらい隠し事をしても罰は当たらないと思いました」

できるだけ落ち着いた口調で告げたつもりであったが、実際に出た一止の声は、ずいぶんと頼りないものであった。

大狸先生もしばし何も答えず、天井を見上げている。

「間違った判断でしょうか？」

「栗ちゃんのやり方が、正しいか間違っているかは、俺にだってわからねえ」

どこかでかすかにナースコールが鳴り、またパタパタと看護師が走っていく。

「だけどなぁ」と大狸先生は高山さんのいる病室の方に目を向けて続けた。

「俺が栗ちゃんの立場でも、たぶん同じ選択をしたと思うぜ」

よっこらしょ、と立ち上がる。

「全部を自分でしょい込むなよ。研修医と指導医は一蓮托生《いちれんたくしょう》なんだ。栗ちゃんの判断が間違ってるって思ったときは、遠慮なくぶっとばしてやるからよ」

そんな声が遠ざかっていった。

すっかり声も姿も見えなくなったとき、ようやく一止は大きな息を吐き、立ち上がると、指導医の消えて行った廊下に向かって深く頭をさげていた。


九月初旬の松本駅、午後四時五十分着の特急あずさから、人がひとり担架で運び出され、救急車で本庄病院に搬送されるという騒動があった。

乗車時には自分の足で歩いていた乗客が、車内で眠ってから起きなくなったのだ。

寄り添う夫人が呼びかけても反応しないと気が付いたのは、ひとつ前の塩尻《しおじり》駅を過ぎてからである。そろそろ下車だと声をかけてみたものの、全く起きる気配がなく、ただ深いいびきをかいて眠っている。周りの乗客もおおいに驚き慌てたのだが、夫人自身が思いのほかに落ち着いていたために、騒ぎはさほど大きなものにはならずに済んだ。

松本駅に到着後、待ち受けていた救急車でただちに本庄病院に搬送されたのである。

「本当に、ご迷惑をおかけします」

ずいぶんと痩せてしまったな、と、一止は頭をさげる夫人を見て嘆息した。

ずっと國枝さん本人ばかりを見ていたために気付かなかったのだが、夫人の頭髪にも白いものが増えている。

夫人のそばのベッドでは、頬肉のすっかり落ちた國枝さんが、昏々《こんこん》と深い眠りの中にある。

「腎不全が進行し、尿毒症による昏睡《こんすい》状態に陥っています。透析《とうせき》でとりあえず血液浄化を行っていますが、胃癌そのものに伴う全身状態の悪化は否めません。意識が戻ってくる可能性もなくはないですが……」

一止は一瞬言葉を切ってから続けた。

「とても厳しい状態だと考えています」

一止の説明に、夫人はただ耳を傾けていただけであった。

点滴や酸素マスク、透析までつながった國枝さんが入った病室は、ステーション前にある重症患者用の300号室。奇《く》しくも高山さんの隣のベッドであった。

つい先月まで笑い声があった二人の間には、いまはただ不快な電子音と痰のからんだ呼吸音が満ちるばかりだ。

「先生のおかげで無事、結婚式に出て来られました。ありがとうございます」

やがて返ってきた夫人の言葉は、不思議な明るさを持っていた。

「本当に頑固な人ですから」と苦笑ぎみに続ける。

「穏やかに見えても絶対に自分を譲らないんです。だからこれでよかったのだと思います。これしかなかったのだと思います。我儘《わがまま》を通させてくださった先生方に、感謝するばかりです」

一止は答える言葉もない。

隣に立っていた大狸先生が口を開いた。

「娘さんは来られますか？　こういう状況では、万が一の急変もあり得る」

「娘は来ません」

一止と大狸先生が同時に眉を寄せる。

夫人はおだやかな笑みを浮かべて、

「娘には、お父さんに内緒で、結婚式の前にすべて話しました。娘だって顔を見ればさすがに普通じゃないと気付きますから。でもお父さんが精いっぱい、命がけで嘘《うそ》を貫こうとしたのなら、娘としては最期まで、希望どおり騙《だま》されたふりを続けるのだと言っていました」

最後の声がふるえた。

同時に頬に一筋だけ流れたものがあった。

「お父さんは幸せ者だと思います。好きなように生きて、娘の結婚式も見られて、最後には栗原先生のような方と時間を過ごせました」

戸惑う一止を、夫人の明るい目が見返した。

「私たち夫婦には息子がおりませんから、栗原先生は、お父さんには息子のように思えたのでしょう。先生が自宅に寄ってくださるのをとても楽しみにしていました。日が暮れるといたずらに私に玄関を掃除させて、帰り際の先生を見つけられないか、などと言って」

早い時間でも遅い時間でも、不自然なくらいに夫人と出会う機会が多かったことを、一止は今さらながら思い出していた。

「きっともっとたくさん話したいことがあったのかもしれません。でも、それを言っては贅沢《ぜいたく》というものですね」

取り出したハンカチを目元に当ててから、ぺこりと夫人は頭をさげた。

ありがとうございました、と続けた声に、すぐ背後にいた看護師が慌てて涙を拭いて礼をする姿が見えた。

ふいに一止には、夫人の隣で湯呑を片手に、笑っている國枝さんの姿が見えた気がした。

國枝さんは空を仰ぐように、壁の書籍を眺めやる。そのどこか誇らしげな横顔が、しばし一止の脳裏に浮かんで消えることがなかった。

〝本はよいですな、先生〟

それが國枝さんの口癖であった。

茶を飲みながら、広い書斎を埋めつくした本を眺めてつぶやく様は、ある種の風格さえ漂わせていた。

そんな姿に惹きこまれたのか、思わず知らず、一止も答えたことがある。

〝確かに本は良いですが、肝腎な時にかぎって、なかなか役には立ちません。國枝さんのように、治療を引き延ばそうとする患者に対してどうすればよいか、『草枕』にだって答えは書いていない〟

いささかの皮肉を込めてそう言う一止に、しかし國枝さんは存外真面目な声で応じた。

〝本にはね、先生。「正しい答え」が書いてあるわけではありません。本が教えてくれるのは、もっと別のことですよ〟

持ち前の深みのある声が続く。

〝ヒトは、一生のうちで一個の人生しか生きられない。しかし本は、また別の人生があることを我々に教えてくれる。たくさんの小説を読めばたくさんの人生を体験できる。そうするとたくさんの人の気持ちもわかるようになる〟

〝たくさんの人の気持ち？〟

問う一止に、國枝さんはどこか楽しげだ。

ゆったりとうなずく姿は、教壇に立つ教師そのものである。

〝困っている人の話、怒っている人の話、悲しんでいる人の話、喜んでいる人の話、そういう話をいっぱい読む。すると、少しずつだが、そういう人々の気持ちがわかるようになる〟

〝わかると良いことがあるのですか？〟

〝優しい人間になれる〟

意想外の返事に、一止は相手を見返した。

血の気は薄く、御世辞にも顔色がいいとは言えない國枝さんは、それでも面白そうな笑みを一止に向けている。

書棚に並ぶ一冊一冊の本たちが、病身の教師とまだ若い生徒のやりとりに、耳を澄ませ、身じろぎもせず聞き入っている。

〝しかし今の世の中、優しいことが良いことばかりではないように思います〟

〝それは、優しいということと、弱いということを混同しているからです。優しさは弱さではない。相手が何を考えているのか、考える力を「優しさ」というのです〟

静かな言葉が、静かな書斎の書籍のはざまに沁《し》みわたっていく。その横顔には、電灯の光で濃い陰影が刻まれて、ともすれば西洋の宗教画にある聖人の肖像のような厳かさがあった。

〝優しさというのはね、想像力のことですよ〟

温かい声に、一止はただ声もなく耳を傾けていた。

多くのことを伝えようとして行きついた、それがひとつの答えであったのか。

束の間の沈黙が続き、國枝さんは、書棚を眺めたまま、独り言のようにつぶやいていた。

〝あなたは優しい人だ。だからこそ、私の勝手なわがままを聞いてくれたんでしょうな〟

そのまましばし身じろぎもせず、背表紙の群れを見つめていたが、やがて我に返ったように一止に視線を戻し、穏やかに微笑んだ。

〝しかし優しい人は、苦労します〟

先生はたぶん苦労人だ、と笑った声が、いつまでも耳の奥に響くようであった。


点滴、抗生剤、昇圧剤に持続透析。

酸素の指示に、発熱時や血圧低下時の指示などを入力してしまえば、どれほど重症の患者であっても当面はすることがなくなってしまう。

夕刻に國枝さんが運び込まれてから、いつのまにか数時間が過ぎていたが、日の暮れた病棟で茫然《ぼうぜん》と天井を見上げる一止は、なおも虚脱の中にある。

東西が先ほどコーヒーを一杯持ってきてくれたが、それも手を付けぬまま卓上ですっかり冷えている。

３００号室からはしばしばアラームが鳴り、吸痰や透析装置の閉塞のために、看護師の出入りも多い。つい先刻は、古狐先生がいつもの青白い顔で病棟の奥へ足早に過ぎて行ったから、ほかにも重症の患者がいるのであろう。

「どんな様子だ、栗ちゃん」

唐突に降ってきた声は、言うまでもなく大狸先生のものだ。夜の会議もようやく終わったのであろう。

隣の椅子に腰かけた大狸先生の様子は、常と変わらぬ堂々たるものだ。その頬には悠然たる笑みさえある。その変わらなさが一止にとっては、あまりにも遠い。

「血圧は今のところ上がってきません。昇圧剤でもたせてはいますが、まだどちらに転ぶかはわからない状態で……」

「患者じゃねえよ、栗ちゃんの様子だよ」

は？　と我ながら間の抜けた声が出てしまう。

「患者の治療なら、やれることは全部やっている。今さら確かめることなんざねえよ。心配なのは患者の血圧より、真面目すぎる研修医だ」

思わぬ言葉に、一止は二度ほど瞬きをする。

「あんなにうまいと言っていた東西のコーヒーをほったらかしで茫然としているんだ。心配にもなるわな」

「大丈夫です」

「本当に具合の悪い奴は、だいたいそう言うんだ」

無造作に伸ばした手で、コーヒーカップを手に取り、そのままひと息に飲み干した。

「飲みにいくか、栗ちゃん」

突然の言葉である。

「こんな時にですか?」

「こんな時だからだよ。睡眠不足のやつれた顔で病棟に居座っているくらいなら、酒飲んで寝て、明日にそなえるのが俺たちの仕事だ」

「しかし……」

言いかけた一止の肩に手を置いて、大狸先生が続けた。

「たまには指導医らしいことさせろって話だよ」

大きな手がもう一度、力強く一止の肩を叩いた。


『九兵衛』

そういう小さな行燈《あんどん》のぶらさがった粋な構えの店があった。

縄手通りからほど近い小道だが、人の流れから外れているのか、通りに人影はほとんどない。

一止自身も入ったことのない道だ。

重厚な木戸を引いて入った店内は、全体に灯りを落とし気味だが、暗いというわけではない。ほどよい明るさの中に木造の清潔感のある空間が、淡い陰影をきざんでいる。

カウンターのほかに小さな小上がりがあるだけのこぢんまりとした店内に、数名の客の姿がある。

「来たことがあるか？」

「初めてです」

「だろうな。わかりにくいところにある店だ」

にやりと笑って大狸先生は座った。

客は、カウンターの中央に初老の夫婦が一組と、入り口に近い隅に女性の一人客。それだけである。

奥から出てきた筋肉質のマスターが、大狸先生の顔を見て軽く眉を動かした。

「珍しいですね。一年ぶりですか？」

「刺身と揚げ物、あとは酒。全部任せるよ」

乱暴なその注文に、マスターは無骨な微笑とともにうなずいただけだ。

「先生はよく来られるんですか？」

「昔はな。しかし店内全面禁煙になってからは入れなくなっちまった」

大狸先生の聞こえよがしの声に、しかしマスターは動じない。

「今日だって禁煙ですよ。特別扱いはありません」

「ほらな、融通がきかねえんだ。いい店なのにもったいねえ」

大げさに肩をすくめながらも、そんなやり取りを楽しんでいる。

太い腕で一止の背中をどんと叩きながら、

「マスター、俺に弟子ができたんだ。これからちょくちょく来るかもしれねえから贔屓《ひいき》にしてやってくれ」

「ありがたいですね」

いかついマスターの物腰は、いかつい割に流麗である。

「最近客も減って、そろそろ閉めようかと思っていたくらいですから。ぜひ御贔屓に願います」

「言ってるぜ。だったら禁煙やめりゃいいだろうに」

「『秋鹿《あきじか》』です。少し早い秋あがりが届きましてね」

大狸先生の言葉をあっさり遮って、マスターが酒を届けてくれる。

遠慮と無遠慮が絶妙にブレンドされて、振る舞いに隙《すき》がない。

さっそく酒を飲めば、微発泡の日本酒は口当たりもよく喉に広がり、たちまちにして陶然となる。

「うまいだろ」

「危険です。酔って呼ばれたら大変です」

「素面《しらふ》で駆けつけたってできることは限られているんだ。酔ってるくらいがちょうどいいんだよ」

滅茶苦茶《めちゃくちゃ》なその問答が、なぜか不思議に温かく胃の底に広がっていく。

さらりとふたりで一杯を飲み干せば、いつのまにやら次が注がれている。

「『信濃鶴《しなのつる》』しぼりたての生です」と銘柄だけが声に乗って降ってくる。

これもまたしっかりとした甘味がありながら後味のすっきりとした旨口《うまくち》の美酒だ。

酒の味も、マスターの挙措も、爽やかでありながら隙がない。いい店なのだと、一止はカウンターに置かれた一升瓶を眺めたまま、素直に嘆息した。

「國枝さんは、私のことを優しい人だと言ってくれました」

一止の唐突な言葉に、大狸先生はグラス片手に悠然と箸《はし》を運びながら黙って聞いている。

「しかし優しい人間が必ずしも正しい判断を下すとは限りません。これで良かったのか、より良い選択肢があったのではないか。そんなことばかり考えています」

なお大狸先生は答えない。

ゆったりと酒を飲み、小気味良くしめサバを口中に放り込む。

しばし咀嚼《そしゃく》して、また一杯を飲み、それからふいに口を開いた。

「人間にはな、神様のカルテってもんがあるんだ」

唐突なその声に、一止は顔をあげる。

「なんですか?」

冗談かと思ったが、大狸先生はあくまで泰然たる態度だ。

「神様がそれぞれの人間に書いたカルテってもんがある。俺たち医者はその神様のカルテをなぞっているだけの存在なんだ」

声もなく見返す一止に、大狸先生は静かに続ける。

「人ってのは、生きるときは生きる。死ぬときは死ぬ。栗ちゃんがいくらその生真面目な頭を振り絞って考えたって、國枝さんの人生が大きく変わることはない。國枝さんには國枝さんのために神様が書いたカルテってのが、もともとあるんだよ。そいつを書き換えることは、人間にはできないんだ」

「それは……、しかしずいぶんと無力な話ではないですか」

「その通りだ」

大狸先生がゆったりと笑った。

「医者にできることなんざ、限られている。俺たちは無力な存在なんだ」

言いながらグラスを傾けて、「ああいい酒だ」などとつぶやいている。

「今の世の中、みんな命に対して勘違いをしている。医療ってものが少しばかり進歩したからって、人間が人間の命を延ばしたり縮めたりできると思うなんぞ、ただの誤解なんだ。俺たちが一生懸命、結石を取って治した高山さんが、二か月後には心不全で死にかけている。そういうことさ」

静かだが重みのある声が響いていた。

束の間の沈黙の中、とんとんとん、とまな板の音だけが聞こえている。

「だとしたら、我々医者はどうすればいいのですか?」

「それを考えるのが、医者の仕事だ」

とんちのような応答が返ってきた。

「大切なことはな、栗ちゃん。命に対して傲慢《ごうまん》にならねえことだ。命の形を作りかえることはできねえ。限られた命の中で何ができるかを真剣に考えるってことだ」

ゆっくりとグラスを傾けて、そっと付け加えた。

「その意味じゃ、栗ちゃんはいい仕事をしたと思うぜ」

そのさりげない一言が、大狸先生からの労《ねぎら》いの言葉だと気付くのに、少しの時間が必要であった。

再び静寂が舞い降りた。

わずかの時間をおいて、いつのまにかマスターが現れ、新たな酒を注いでいく。客の会話になどなんの興味もない様子に見えて、その呼吸のひとつひとつまで拾い上げているかのような見事なタイミングだ。

「ありがとうございます」

一止は、ほとんど無意識のうちにそんな言葉を口にしていた。

ゆえに大狸先生も何も答えなかった。

刺身が運ばれ、串《くし》カツが届けられ、黙々と二人は飲んで食す。

初老の夫婦が会計を済ませて立つと、あとは片隅にいる女性客と、一止たち二人だけだ。

陶然と酒に酔い、しばし無言の献酬が繰り返されるうち、ふいに一止の携帯電話が不吉な着信音を響かせた。

大狸先生が「おいおい」とさすがに呆れ顔だ。

その場で一止は通話ボタンを押して応答する。二言三言かわして携帯をおろすと、大狸先生がため息交じりに問うた。

「國枝さんが逝《い》ったか？」

一止は目の前のグラスに視線を落としてから答えた。

「いえ、高山さんが目を覚ましたようです」

「高山さん？」

「腹が減ったから何か食わせろ、と言っているようで、とりあえず水分摂取から開始にしました」

答える一止の方が、当惑顔である。

「夕方から急に尿量が増えて、酸素状態もずいぶん改善しているとのことです」

数瞬の沈黙を置いてのち、大狸先生が愉快そうに笑った。

「言っただろ。神様のカルテにそう書いてあるんだよ」

笑いながら空にしたグラスを持ち上げて、「マスター、もう一杯」と告げた。

大狸先生の聞きなれた磊落な笑い声が響く。

一止はしばし言葉もなく、グラスに満ちた澄んだ液体を見つめていたが、やがて手を伸ばして静かにそれを傾けた。

「おはようございます、ドクトル」

キッチンに顔を出した一止の耳に、いつもの学士殿の声が響く。

「おはよう、学士殿」

「昨日もまたずいぶんと遅い帰宅でしたね」

学士殿の案ずる声に、一止はしかし決まりが悪い。

昨夜は完全に、大狸先生と飲み過ぎていただけの話であるから、あまり胸を張って言えるものでもない。

「コーヒー飲みますか」という学士殿の言葉にうなずきつつ、歯を磨く。束の間歯ブラシを動かして一止がおやと思ったのは、いつもならそろそろ部屋から出てくるはずの「椿の間」の住人が顔を見せなかったからだ。

「専務はどうしたのだ?」

「不在です。最近、帰ってこない日が多いんです」

学士殿の遠慮がちな言葉に、一止は歯ブラシを止めて眉を寄せる。

「帰ってこない?」

「帰ってきたとしても、夜が明けてからで、仕事に行く前に寄っていくだけです」

学士殿は、カップに湯を注ぎながら、苦笑とともにそんなことを言う。

一止はさらに沈思してから、ようやく問うた。

「つまりあれか。朝帰りということか？」

「平たく言うとそうなります。専務本人の言葉にすると〝神様のご利益があった〟ということになりますけど」

思わぬ展開に、一止は言葉がない。

ふと神棚を見ると、専務の御礼参りであろうか。無闇《むやみ》と涼しげな桔梗が一輪、花瓶に入れて飾ってある。

人の世は、一寸先は闇。

なにが起こるかわからないのだと、改めて慨嘆する。

「そういえば男爵が言っていましたよ。神棚にささげたスコッチは、そろそろ飲んでもいいかって。専務が幸せになるのは結構だが、ドクトルの方はどうなっているかと案じていました。例の腎臓の患者さんはどうなったんです？」

学士殿は細かな事情を知らぬだけに、一止にとっては不意打ちであったが、自身でも不思議なほど動揺はない。

神棚を見上げたまま、一止は敢えてゆっくりと応じた。

「もうしばらく待ってくれと伝えてくれ。患者はまだ闘っている。どれほどがんばれるか、わからないが、少なくともまだ闘っている」

答える一止は、答えているうちに不思議と腹の底に活力を見出《みいだ》す心地がした。

できることは限られている。

人の命を定めるのは、確かに神様の領域だ。

だがそれは人の領域を放棄してよいことにはならないだろう。限られた中でも力を尽くすのが人であるのなら、人間にはずいぶんとやるべきことがあるはずだ。少なくとも、國枝さんの透析は、今もまだ回っているのである。

「男爵に伝えてくれ。いずれ近いうちに、飲みに付き合ってくれと頼む日が来る。せっかくの逸品はそれまで取っておいてくれ、とな」

「了解です」

笑った学士殿に頷き返して、一止は部屋に戻る。

いつものごとく白衣と『草枕』の入った鞄《かばん》を手に取ると、薄暗い玄関から明るい朝日の下に出た。

飛び石の上で額に手をかざすと、彼方に堂々たる北アルプスが見える。稜線上にはすでに鮮やかな秋色が広がり、ゆるやかに山腹から山麓《さんろく》へと衣替えを始めている。紅葉が終わればまもなく冬。華やかな山が、白く染まる日も遠くない。

一止は目を細め、ひとつ大きな深呼吸をしてから足を踏み出した。

秋の蒼空ははるか高く、吹きすぎる風は澄んでいる。

隣家に咲く桔梗の花が、一止の背中を押すように、ゆったりと静かに揺れていた。

冬山記

健三《けんぞう》は、地面に寝転んだまま、音もなく舞い降りて来る雪を見上げていた。

二月とはいえ、東京に雪は珍しい……。

そんなのんびりとした感慨は、しかし唐突に襲ってきた身も凍るような寒さによって吹き飛ばされた。

ぼんやりとしていた視界がにわかに輪郭を際立たせ、圧倒的な現実が健三の眼前に突きつけられていた。

手袋をした右手が雪の中から突き出した岩を摑《つか》んでいる。その向こうには、ほぼ垂直に立ちのぼる数メートルの岩塊《がんかい》がある。岩塊のところどころに、ぽつぽつと散らばって見えるのは、ピッケルや、アイゼンや、テントポールといった健三愛用の山道具だ。

ひとつひとつの事実を認識していくうちに、ふいに左目にぬるりと温かいものが流れ込み、それが血液だと気づいた直後、健三は事態を理解した。

落ちたのか……。

絶句とともに、一挙に記憶がよみがえった。

健三が、常念岳の冬季小屋を出発したのは、その日の早朝のことだ。

狭い小屋の中でともに夜を過ごした五、六人の登山客に別れを告げて、健三はひとり山小屋を出発した。

冬の常念小屋と言えば、北は大天井岳《おてんしょうだけ》を望み、南は蝶《ちょう》ヶ岳《たけ》に連なる、長大な縦走路のただ中である。冬の北アルプスの縦走コースとしては、比較的入門編だとはいえ、やはり容易に近づける場所ではない。

三十年前、健三がまだ学生時代に山に入っていた頃は、こんな場所で人に出会うなどそうあることではなく、出会ったとしても、いかにも場慣れした単独行や、せいぜい二人組の老練なパーティといった、寡黙で愛想に欠けた山の達人たちであったが、この日の小屋には、学生らしき若者たちのパーティのほかに、三十歳前後の陽気なカップルの姿さえあり、山も随分と変わったものだという寂寥《せきりょう》を含んだ感慨が、健三の胸を染めたものであった。

ともあれ、夜明け前に小屋を出発した健三は、雪の常念を越して、順調に蝶ヶ岳へ向かう縦走路へと足を踏み出した。尾根沿いにはガスが出て、眺望は冴《さ》えないが、風がない分、コンディションは悪くない。縦走路なかほどの樹林帯では若干のラッセルを要したものの、稜線《りょうせん》に出た後はペースもあがり、予定より早い時間に蝶ヶ岳の最高点に立つことができた。

そこまでは好調であった。

我ながら捨てたものではないな、と健三自身、会心の笑みをこぼしたほどだ。

事態が急転したのは、蝶ヶ岳からの下りである。

おりしも、風が出はじめ雪もちらつき、穏やかだった大気に不穏な気配がただよい始めた頃合いだ。これは荒れそうだな、と空模様に眉《まゆ》をひそめ、健三がさらにペースを上げたところで、それは起きた。

前触れもない突風であった。

直前まで穏やかに雪の舞っていた雪面に、一瞬息を吸い込むような奇妙な緊張が走ったかと思った直後、尾根沿いを強烈な突風が吹きあげてきたのだ。足場の悪いガレ場の尾根道である。にわかに半身をあおられた健三は、踏みとどまりきれず背後に姿勢を崩し、あとは二十キロのリュックの重みにそのまま引き倒されるように滑落したのである。

生きていたのが不思議であった。

雪がクッションになったことと、岩角に頭をぶつけずにすんだことと、途中のわずかな傾斜のくぼみに運よく引っかかったことが、健三の命をこちらの世界につなぎとめたのだ。

久しぶりに山に来た五十歳が、縦走路から落ちて生きていたのだから、ほとんど奇跡といっていい。

健三はひととおりの経過を思い出してのち、ゆっくりと息を吐いた。しばし気持ちを落ち着けてから、状況を確認すべく、そのまま首だけを巡らせて周りを見渡した。

背中には二十キロのリュックを背負ったままだ。斜面の上では起き上がることも容易でない。四肢の無事を確認すべく、まず右手をゆっくりと握って開いたがこれは問題なく動く。その右手で左目の辺りをぬぐってみたが、出血はすでに傷口ごと凍りついていた。左手も動く。右足も、それから左足……、そこで唐突な激痛を覚えて健三は顔をしかめた。ようやく首だけ起こすと、脛《すね》のあたりでわずかながら、足が歪《ゆが》んで見える。

「折れたのか……」

呆然《ぼうぜん》として、健三は天を仰いだ。


分厚い雲がどっしりと、居座るような図々《ずうずう》しさで西の空を埋めている。

その白い壁は全体にゆっくりと西から東へ流れてはいるものの、容易に切れ間を見せない。わずかな雲間に、彼方《かなた》の穂高の名峰が見える瞬間はあるものの、すぐに灰色の横断幕によって眺望は閉ざされる。頭上の雲にもときおり切れ間が見え、日差しが差し込んで急に明るくなることもあるが、それもすぐ直前の薄暗さへと戻っていく。

「こりゃ、だめだな」

常念岳の尾根道を登っていた布山浩二郎《ぬのやまこうじろう》は、サングラスをはずし、西の空を眺めたまま小さく舌打ちした。晴れ渡れば、奥穂から槍に連なる雄大な槍穂高連峰を一望できる最高のプロムナードコースになるはずだが、今日は風の切れ間に遠い岩肌が見える程度で、眺めはまったく晴れない。

つと背後を振り返れば、浩二郎のトレースを、落ち着いた足取りで登ってくる相棒の姿が見える。

「那智子《なちこ》、大丈夫か？」

響いた声に、相手は右手をあげて悠々とピースをつくって答えた。

「まったく誰に向かって、大丈夫か、なんて言ってるのよ」

追いついてきた那智子は、余裕の笑みで浩二郎と同じ空を眺めながら言う。

「山岳部時代は、私の方がいつもリードしてあげてたでしょ」

「あれから随分とお年を召されましたから、体力も落ちているかと心配したんですよ」

「なによ、私だけ年取ったみたいな言い方して」

おどけて笑う浩二郎に、那智子は軽く一睨《ひとにら》みして言い返す。

三十歳を過ぎた二人が、こうして昔と変わらず戯れることができるのは、山のおかげだろうと浩二郎は胸の内で苦笑しながら、再度、西の空に目を向けた。

「この様子だと、午後には崩れそうだな」

「ガスも出てきたし、要注意ね……」

足下に目をやれば、淡く立ち込めたガスの向こうに常念小屋の大きな屋根が雪に埋もれるようにして見える。

昨夜の避難小屋では、他に四、五人の登山者がおり、真冬の北アルプスもにぎやかになったものだと思ったが、皆が皆、浩二郎たちと同じように常念山系を南下してきたわけではない。上高地方面から北上してきた学生たちのパーティもあり、彼らは夜明けを観賞したのちそのまま北へ向けて出発したから、南の蝶ヶ岳方面へ向かったのは、少なくとも浩二郎たちの前には、男性の単独行がひとりだけであった。

前日の大天井岳冬季小屋でも一緒になった男性で、いかにも山慣れした寡黙な人物だったが、出発のときは〝蝶ヶ岳ヒュッテでも一緒になるかもしれませんね〟などと言葉をかわしたものである。

「だいぶ先行したのかな？　トレースは見えないけど」

「尾根沿いは普通、雪庇《せっぴ》を避けて岩場を歩くからね。ベテランみたいだったし大丈夫でしょ」

「ベテランと言えば」と浩二郎は、登ってきたゆるやかな斜面を振り返る。

少し下方の雪の斜面で、大きなカメラを設置している人影を見つけて目を細めた。小柄な人影が、足場の悪い岩と雪の上で、しかも分厚い手袋をはめたまま手際よく機械を操作している。

「いろんなベテランがいるもんだな。冬の北アって」

「この状況で写真なんて、普通じゃないわね」

振り返った那智子も率直に感嘆の声をもらす。

「昨日、小屋で話した時は、随分若い女の子に見えたけど、こうして見ると堂々としたものね」

告げた那智子が軽く眉《まゆ》を寄せたのは、浩二郎がその人影を見つめたまましばし立ち尽くしていたからだ。

「どうしたの?」

「いや、あの人、どうもどっかで見たことあるような気がしていてさ」

「またそうやって、若い女ってだけで見境がないんだから」

声に険がある。が、浩二郎は超然たる態度だ。

「若いってだけじゃないさ。結構美人だったぜ」

「嫁の前で言う言葉じゃないでしょ。麓《ふもと》まで蹴落《けお》とすわよ」

おーこわ、と笑って浩二郎はピッケルを持ち上げた。

「じゃ、先導させてもらいますよ、那智子隊長」

「口はいいからさっさと歩きなさい。次振り返ったら叩《たた》き落とすからね」

刺《とげ》のある言葉の中にも、活力と陽気さがある。

ふたりはゆっくりと縦走を再開した。


雪の常念。

それは信州に生まれ、信州に育った健三にとっては、神聖というよりは身近な存在だった。

子供のころは学校登山で登り、夏の常念山系には親しんでいたが、地元の信濃大学に入って山岳部に入部した健三は、待っていましたとばかりに冬の山に乗りこんで行った。パーティで入ることもあれば、単独行もあり、二月の奥穂から北鎌《きたかま》尾根もやったことがある。だが健三にとっては、やはり雪の常念山系が一番好きで、何度もこの縦走路を単身で往復してきたものであった。

それが社会に出て月給を取る身となってからは、さっぱり山へ近づく機会はなくなった。登山の余裕もなくただ過ぎ去る日々の中で、働き、結婚し、子ができて、ひたすらに生活を営むということに追われ続けているうちに、気がつけば世間的には知命《ちめい》と言われる年齢に達していたのである。

「やはり三十年ぶりの冬山は、無理があったか……」

我ながら、不思議なほどの落ち着いた口調で、声を発していた。

ゆっくりと動く右手で背後のリュックの中からタオルを一枚探り出し、額の凍りついた血液をこすり取る。

同じ要領で水筒を出して二口飲み、それから胸ポケットの煙草《タバコ》をくわえる。しかし火をつける段になって、ライターを取り出した健三は、この極寒の大気の中で手袋をとる危険を悟って断念した。

なんとか足の痛みをこらえつつ上半身を起こして見回すと、思ったほどの急斜面ではない。風の吹き溜《だ》まりになっているのか、雪が多い部分もあれば、岩肌が露出している部分もあり、その露出した岩と岩の間に嵌《は》まり込んだ格好だ。

腕時計は午後一時二十分。

ただし文字盤は割れて、時計が止まったのが午後一時二十分。つまりは滑落した時刻を示しているのであって、しばらく意識を失っていた健三に正確な時間を教えてくれるものではない。

辺りにはひそやかに雪が舞っているものの、先刻の突風が嘘《うそ》のように風は凪《な》いでいる。

「結局これが、私の星回りというやつか。相変わらずといえば相変わらずなのかもしれないが……」

他愛《たわい》もないそんな独り言に、健三は苦笑した。

山は人を雄弁にする。人に向かって語るだけでなく、空や山に向かって言葉を発するようになるという。

しかし独り言が多くなるのは、あまり格好のよいものではないな、ともう一度小さく笑ってから、健三は空を見上げた。

この静かな天候は、しかし嵐《あらし》の前の静けさに過ぎない。予報では夕方には荒れるという話であったし、ガスが立ち込め、徐々に気温の下がり始めた大気の状態は、十分に不穏なものをはらんでいる。動くなら今のうちだが、片足を引きずって尾根までよじ登り、蝶ヶ岳ヒュッテまで移動するのはどう考えても無理がある。

健三は大きく一息ついて、懸命に思考をめぐらせた。

まず携帯電話をさがして麓に連絡を試みる。最近では槍ヶ岳の頂上だって携帯がつながるというのだから、ここでつながらない道理はない。救助要請さえ出せればあとはビバークして、ひたすら救助を待つ。幸い、食糧も装備も経験も、健三はすべてを持ち合わせているのだ。要するに携帯電話が生きているかが問題だ。

小さくうなずいた健三は、背後のリュックのサイドポケットに手を伸ばし、防水ケースに納めた携帯を引き出した。幸い見た目には傷ひとつついていない。救助要請を、と電源を入れようとした健三は、しかしふいに耳元でささやく声を聞いた気がして動きを止めた。

〝助かってどうするのだ?〟と。

驚いて辺りを見回すが、無論吹き抜ける風の音以外に声はもちろん、人影もあるはずがない。

幻聴か、と苦笑しかけた健三は、しかし失敗した。笑ったつもりが唇がかすかにふるえただけで、健三の心は急速に冷えていった。

「……こういう星回りなんだな」

ぽつりとつぶやいたとき、健三の携帯電話はすでに雪の上にあった。そのままゆっくりと背後のリュックに身をもたせかける。

おもむろに右手の手袋を抜き去ると、先ほど岩陰に置いたライターを取りあげ、くわえなおした煙草に、かじかむ手でそっと火をつけた。

灰色の空に、うっすらと紫煙が立ち昇った。

浩二郎と那智子にとって、一日の行程を無事消化してコーヒーを飲む一時が、至福の時間であった。

午後まだ明るいうちに、常念岳から蝶ヶ岳を越え、蝶ヶ岳ヒュッテの冬季小屋に辿《たど》りついた二人は、すぐに小屋の中でコーヒーの支度を始めた。

使い慣れたシングルストーブで湯を沸かし、カップに粉を入れ、ゆったりと湯を注げば出来上がりだ。

浩二郎は、二つのアルミカップの一方を手にとって、相棒に手渡した。

「お疲れ、那智子」

「お疲れ様、浩ちゃん」

かちりとアルミのカップを合わせると、「旅の無事に乾杯」という互いの声が薄暗い小屋の中に響いた。

「明日は、このまま長塀《ながかべ》山を越えて上高地ね」

「いつものコースだけど、この分じゃ明日の天気は怪しい。少し早めに出るってもんだろうな」

「そうね、でも今年も無事、縦走できそうだわ。これも浩ちゃんのおかげ」

感慨深げに目を細める那智子を見て、浩二郎は明るく笑う。

「なんだよ。急にしおらしくなって」

「たまには持ち上げてあげようと思ってね」

笑ってカップを傾けつつ、

「正直今の忙しい毎日だと、トレーニングも全然できないし、冬の北アはそろそろ卒業かって思ってたんだけど」

「俺と那智子が組んでるんだ、風でも雪でも必ず越えられるさ」

「でも無理は禁物でしょ。ここでなんかあったら、それこそ浩介《こうすけ》に合わせる顔がないもの」

那智子の声は、さりげなさを装ってはいても、静かな重みをもって小屋の底に沈殿したようであった。

「そうだな」

と、浩二郎が少し間を置いて頷《うなず》いたところで、ふいにがたりと小屋の戸が開く大きな音が聞こえた。すぐに、入り口から室内へと続く狭い通路に足音が響き、ひとりの登山者が小屋に入ってきた。

二人っきりはお預けね、と笑った那智子が、すぐに戸惑い顔になったのは、入ってきた人影が思いのほかに小柄であったからだ。最初に見えたのはいかにも山慣れした感のある巨大なリュックであったが、それを背負っていたのは、リュックより小さいくらいのほっそりとした人影であった。

軽く一礼して帽子とゴーグルをとったところで、今朝、常念の斜面で写真を撮っていた女性だと、二人は気がついた。

「こんにちは」と澄んだ声が聞こえて、二人は慌てて会釈する。

荷物をおろしながら、小屋の中を見まわした女性は、ふいにその形のよい眉を軽く寄せて動きを止めた。浩二郎がすぐに口を開く。

「どうぞ。俺たちしかいないから、適当な場所に」

「お二人だけ、ですか?」

浩二郎の親しみを込めた声に対して、女性の声にはむしろ、かすかな緊張がこもっていた。微妙な沈黙が広がり、それを那智子がそっと押しやるように口を開いた。

「ほかに誰か来る予定だったんですか?」

「いえ、予定というわけではありませんが……」

なお少し考え込んだ様子で、

「今朝、常念小屋を蝶方面に出た人が、もうひとりいたように思ったんです」

那智子と浩二郎は、顔を見合わせた。

互いの脳裏にあるのは、早朝、常念小屋で軽い挨拶《あいさつ》を交わした単独行の男性だ。その姿がこの小屋に見えないことを、二人とも気付いていなかったわけではなかった。ただ、この過酷な自然環境の中では他人を慮《おもんぱか》る余裕などあるはずもない。せいぜいが無事を祈るくらいなのである。

「途中でコースを変更して横尾へ下ったか……」

浩二郎が、言葉を選ぶようにしてつぶやき、那智子がつけくわえる。

「それとも、小屋にも寄らずまっすぐ上高地まで降りたか」

しかし蝶ヶ岳ヒュッテの名を口にしていた登山者が、にわかに前者の選択肢をとるとは考えにくい。一方で、後者の選択が、気休めにもならないことは二人とも承知の上だ。冬の常念山系を縦断して一日のうちに上高地まで行くなど、軍隊の強行軍でもあり得ない。

二人の発言を笑うように、にわかに強い風が吹きつけて、小屋が身ぶるいするように軋《きし》んだ。

そばのベンチに腰をおろした女性は、やがてすぐに立ち上がった。

「私、少し、辺りを見てきますね」

「辺りって……、この風の中をですか?」

那智子が驚きの声をあげる。

浩二郎の先導を受けて、順調に踏破してきた那智子でも、今日はもう疲労の極限にある。単独行で、しかも明らかに那智子より多くの荷を背負ってきたこの女性が、悪化しつつある風の中に出ていくなど正気の沙汰《さた》とは思えなかった。

しかし相手は気にした風もなく、雪を払い、はずしたばかりのアイゼンを付け直している。

「私、写真の仕事をしていますから、撮影がてら、少し歩いてくるだけです。どうぞお気遣いなく」

お気遣いなくと言われても容易に見過ごせない。

だいたい少し撮影をするだけなら、カメラ機材だけを持って行けばいいのであって、そのままの重装備で出ていく姿を見れば、この女性の意図がどの辺りにあるかは、二人にも明らかだ。

驚いて引き留めようとした那智子を、しかしそっと制したのは、傍らの浩二郎だった。

では、と軽く会釈して立ち上がった相手を、浩二郎は黙って一礼して見送った。消えていった大きなリュックを見送ってから、那智子は戸惑いと、幾分の非難を込めて夫を見返した。

「いいの？　浩ちゃん。絶対危ないよ」

「危ないよな。危ないけど、それは普通の人の話だ」

意味をはかりかねる那智子に、浩二郎は続けて答えた。

「あの人、どっかで見たことあると思ったら、片島榛名《かたしまはるな》だ」

「片島……」

言いかけた那智子はすぐに目を見張った。

「あの山岳写真家の？」

「そう。どうりで見覚えがある顔だと思ったんだ」

「あの人が……」

那智子の記憶にもその名はある。

片島榛名は、まだ二十代で、数々の日本の名峰を登頂してきた山岳写真家だ。若いながらも困難な登山における忍耐力と決断力には定評があり那智子もその名を耳にしたことがある。

山という過酷な環境と、整った顔立ちとのギャップゆえに隠れたファンもいるようだが、ただそれだけに収まる写真家でないことは、彼女の残してきた足跡を見ればわかる。

「キリマンジャロ単独行をやるような人だ。俺たちが心配するような立場じゃない」

答えた浩二郎は、閉ざされた小屋の扉に目を向けて言う。

「俺たちにできることがあるとすれば、自分の身だけは自分たちできっちり守ることさ」

淡々とした浩二郎の声が響いた。淡々としている中に、かすかな揺らぎがあることを那智子は敏感に感じ取っていた。

浩二郎のことだ。きっとあの女性を手助けするために出ていきたい気持ちがあるに違いない。普段は軽口を叩いていても、山の中で、しかも那智子を連れているときには慎重すぎるほど慎重な判断をくだすのが浩二郎という男である。プロの山岳写真家は別として、二人にとっては、この雪と風の中では動かない、ということが最善の選択なのだ。

那智子は一度消したストーブに、もう一度火を付けた。

「もう一杯、コーヒーを入れてあげるわ、浩ちゃん」

「そりゃ、ありがたい」

視線だけは小屋の扉に向けたまま、敢《あ》えて陽気な声で浩二郎は応じていた。


風が勢いを増していた。

日没が近づくにつれて辺りは暗くなり、ときおり雪煙があがって視界は急速に悪化している。

まずいな、と健三は胸の内でつぶやいた。

この分では吹雪《ふぶ》くかもしれない……。

どこか朦朧《もうろう》とし始めた思考を懸命に働かせるべく、健三は手袋をはめた左手で頬を軽く撫《な》でた。

吹雪の山は、晴天の山とはまったく別の世界だ。数歩先の視界が奪われ、方向感覚は一瞬で失われる。ついさきほどまで穏やかに登山者を迎え入れていたはずの山々は、唐突にその表情を変え、牙をむき、荒れ狂う風と雪の中にすべてを閉じ込めてしまうのだ。

「おまけにこの足か……」

健三はかすれる声でつぶやきながら、自分の左足を見下ろした。

脛の辺りで微妙に変形した左足は、先ほどまで耐えがたい痛みを発していたが、今ではむしろ奇妙なかゆみだけが残っている。それがよくない徴候であることが、健三にもわかっていた。

そして手袋を捨てた右手も、真っ白な大理石の彫像のような色で目の前で固まっている。

その白い右手を見つめるうちにふいに、腹の底でなにかひやりと冷たいものを感じた健三は、いつのまにか、雪面に放《ほう》り出していた携帯電話を手に取っていた。

ほとんど感覚のなくなった右手で携帯を押さえ、手袋をした左手でなんとか電源のボタンを押してみたが、何の反応もない。何度も何度も操作を繰り返したが、白い機械はまるで石のごとく応答しない。

極寒の冷気の中で電池が一挙に消耗したのだという、当たり前のことに気づいたとき、健三は唐突に黒々とした深淵《しんえん》のふちに立っている心地がして、小さく肩をふるわせた。

もともと明確に「死のう」と思って東京を出たわけではなかった。

死ぬつもりで山に来るほどのロマンチストではないつもりだった。

ただ、五十歳の誕生日に妻から手渡されたのが、離婚届であったことに驚くとともに、事態がそれほど逼迫《ひっぱく》していたことに微塵《みじん》も気づいていなかった自分の愚かさが滑稽《こっけい》であった。

その滑稽が惨めさに変わったとき、健三は黙って家を出たのである。

突きつけられた離婚届をダイニングテーブルの上に放置したまま、古いリュックサックを引きずり出し、防寒具、水筒、地図、コンパス、アイゼン、ピッケルとひとつずつ準備をしていく。すべての装備が、何年も押入れに仕舞われていたとは思えないほど、清潔で欠ける物もなかった。

淡々と慣れた手つきで荷造りをしていく健三に、妻は冷ややかな目を向けて言った。

「どうするつもりですか？」

「少し出かけてくる」

ぽつりとつぶやく健三に、妻の抑揚のない声がかぶさった。

「逃げるんですか？」

「逃げる？」

健三は心底驚いて顔をあげた。

二十年以上一緒に暮らしてきた女が、表情のないガラス玉のような目で自分を見下ろしていた。見慣れたはずのその顔を、きれいだと健三は思った。昔、真冬の上高地で見た、静まり返った大正池の水面のようだと、場違いな感慨が頭をもたげた。

「少し出てくるだけだ。数日で帰る」

「お仕事は、どうなさるんです？」

「……いい」

答えた健三に、妻はもう何も言わなかった。

そうして健三は東京を出たのである。

……やっぱり、こういう星回りってことなんだな。

健三は、真っ暗な携帯電話の画面を見つめたまま、凍りついた唇で、無理やりに小さな苦笑をつくった。

思えば、社会に出て以来、生活することに追われ、ただ闇雲《やみくも》にスーツ姿で駆け回るだけの毎日だった。いくらかの出世もしたはずだが、変わったことといえば、給金が少しばかり上がったことと、妻から笑顔が消えていったことくらいだ。さほど不真面目《ふまじめ》に生きてきたつもりもないのだが、なぜかいつも物事は悪い方へ悪い方へと移っていく。

そんな冴えない人生の最後が、好きな山の中なのだとすれば、意外に悪くはないのかもしれない、などと健三はひとり妙なことに得心する。

いくらかの貯金もあったはずだ……。

まとまりのない思考は、脈絡もなく通帳の残高に行きついた。

あの金があれば、不器用ではあっても贅沢《ぜいたく》はしない妻はなんとかやっていくだろう。息子だっているのだ。もうずいぶんまともに顔も見ていないが……。

とにかく、生命保険を残してやるためにも、離婚届にサインをしてこなくてよかった、と唐突に現実的な問題に気付いて、健三は、今度は小さく肩を揺らして笑った。

「そんなに、おかしいですか？」

突然頭上から降ってきた声に、一瞬遅れて、健三は閉じかけていた目を開けた。

幻聴かと思ったがそうではない。目の前に、小さな人影がある。

焦点のさだまりにくい目でなんとか相手を捉《とら》えると、いつのまにか眼前に小柄な登山者の姿がある。足場の悪い岩と雪の斜面で、器用にリュックをおろし、吹き抜ける強風に臆《おく》することなく健三の傍《そば》に歩み寄って、額の傷や足の怪我《けが》の状態を確認している。時々、雪煙が舞い上がって、わずかな視界も奪い取るほどだが、微塵も動揺を見せない。

見るからに山の達人といった動きだ。

「あなたは……？」

「生きる気力はありますか？」

健三が戸惑ったのは、風音の向こうから聞こえてきた声が、若い女性の声であったからだ。

返答がないことを、しかし相手は気にした様子もない。にわかに吹き抜けた突風を、少し身をかがめてやり過ごし、すぐに口を開いた。

「時間がありません。生きるつもりなら、立ちあがってください」

無茶な注文を、と苦笑しかけた健三は、しかし相手のゴーグルの奥に光る澄んだ瞳《ひとみ》を見て、口をつぐんだ。

どこかあどけなささえ含んだ、大きな澄んだ瞳だった。にもかかわらず、温かな救助者の目ではなかった。冷ややかと言っていいほどの透徹した瞳だった。

これが低体温症に伴う錯乱という奴だろうか、と呆然と見上げていた健三は、しかし、いつのまにかゆっくりと身を起こしていた。感覚の残る左手で岩を掴み、無我夢中で半身を持ち上げる。それを見た女性は、すぐに右腕の下にもぐりこんで支えるようにした。両足で立ち上がったとき、歪んだ左足は、幸か不幸か痛みを感じなかった。

「小屋まで歩きます」

「この風の中を?」

「風も雪も、しばらくやみません。待っていては死にます」

あまりに静かな返答に、健三は一瞬相手は山の神の化身ではないか、と本気で信じたくなった。

「あなたは山が好きではないんですか?」

立ち尽くしたまま尾根道を見上げていた健三に、女性が問うた。

「山が好きなら、歩いてください」

風音を切り裂くように、ぴしりと鞭打《むちう》つような激しい言葉が降ってきた。

健三は、女性の横顔に目を向け、それから山を見上げ、我知らず、ゆっくりと一歩を踏み出していた。

小さな冬季小屋は、いよいよ勢いを増した風の中で、軋み続けていた。

「本当に……、見つけて連れてきたんだ……」

風音の中でつぶやいた那智子の声に、浩二郎は黙って頷いた。

目の前に敷いた寝袋には、真っ白な顔色の男性が、半身を起こすようにして横になっている。

浩二郎は、ストーブで湯を沸かし、スープをつくり、その男の口元へひと匙《さじ》ずつゆっくりと運びながら、答えた。

「言ったろ、普通の人じゃないって」

そう答えた浩二郎自身も、驚きは隠せない。小屋の反対の隅で小さな寝袋に入り、背を向けて眠っている写真家に目を向けて、嘆息した。

その頭の中につい一時間ほど前の光景が浮かぶ。

ちょっと辺りを見てくるといって小屋を出た女写真家が、小屋に戻ってきたのは、ほとんど日没の頃であった。日の傾きとともに風ばかりが強まる悪天候の中で、ふいにがたりという音とともに戸が開いたときは、てっきりひとりで帰ってきたのかと思ったが、そうではなかった。雪にまみれるようにして転がり込んできた人影は二つであった。

驚く浩二郎と那智子に対して、入ってきた女性の方は、すでに体力も限界に達していたらしく、声もなく男を小屋内に引きずりいれて座り込んでしまった。

「荷物はすべて斜面に置いてきました。食糧に余分はありますか?」

血の気のない真っ白な顔で、ようやくそれだけを告げた榛名に、浩二郎は慌てて頷きかえしたものだ。

榛名はそのまま物も言わず、少しだけ水を飲むと身に付けていた小さな荷袋から寝袋を取り出して横になってしまった。そしてそのまま数分もせぬうちに静かに夢の中へ落ちて行ったのである。

今も静かな寝息を立てている写真家は、完全に寝袋にくるまっているから顔は見えない。ただ、ときおり小刻みに震えるような動きをするのが気がかりだが、見守る浩二郎たちに、何かできることがあるわけではない。

浩二郎は大きくため息をつきつつ、小屋の片隅から、目の前の男に視線を戻した。

「まだ食べるかい？」

浩二郎の声に、どこか朦朧とした様子の男は、それでも小さく首を左右に振った。

その額にはざっくりと切れた傷があり、右手はおそらく凍傷、左足は妙な方向に曲がって明らかに骨折だ。こんな怪我人をどうやってここまで連れて来たのか、いや、引きずってきたと言った方が良いのかもしれない。

「不思議なものだ……」

ふいに男が小さくつぶやく声が聞こえた。

定まらぬ視線は、浩二郎たちではなく、薄暗い天井を見上げている。

「人生うまくいかないことばかりだったのに、最後の最後に、こんなところで大逆転か……」

かすれた呟《つぶや》きが途切れたところで、浩二郎は事務連絡のような淡々とした口調で告げた。

「麓の救助隊に連絡はついた。だけど、この風の中じゃヘリがいつ飛べるかわからないらしい。

無論夜が明けないことには救助隊だって出せないから、とにかく冬季小屋で持ちこたえてくれ、とさ」

男は、ゆったりと視線を泳がせて浩二郎たちを見た。

「……ありがとう……」

「あんたの命の恩人は、今、向こうで御休み中だ。俺たちは何もしてないよ」

軽く肩をすくめる浩二郎の声に、男は浅い息を繰り返す。

那智子が遠慮がちに覗《のぞ》き込んだ。

「大丈夫なの？」

「大丈夫じゃないな。出血、凍傷、骨折に低体温。そしてここは標高二千六百メートル。おまけに……」

深くため息をつきつつ、小屋の隅の寝袋へ視線を転じる。

「あの人だって、どこまで大丈夫なのかわからない」

「なんかちょっと息が荒い感じあるものね」

「心配は心配だが、どっちにしても俺たちにできることは限られている」

「出血と凍傷と骨折で動けないこの人に、食べ物を運んであげることくらい？」

「そういうこと」

かすかな苦笑を交わし合う二人に、朦朧とした視線を向けていた男が、穏やかとも言える小さな笑みを浮かべてつぶやいた。

「私にも……、君たちのように幸せな夫婦時代があったはずなんだがね……」

声はそれで途切れた。

慌てた那智子を制して、男の首に触れた浩二郎はすぐに「眠っただけらしい」と答えた。

いつのまにか小屋の中にいる登山者四人のうちの二人は眠りの底にあり、つい先刻までの異様な慌ただしさが嘘のようだ。

「幸せな夫婦時代だって」

ようやく那智子がつぶやいた。

ちらりと視線を上げる浩二郎に、那智子はにこりともせず答えた。

「幸せに、見えるんだね」

「そろそろ、幸せになれってことじゃないか?」

浩二郎もまた、笑みのかけらも見せずに答えていた。


雲が勢いよく流れていた。

飛ぶように過ぎていく雲には切れ間が見え、その向こうには光がある。

夜明けである。

黎明《れいめい》の凍《い》てついた空気の中で、依然、風は勢いをもって吹きぬけていたが、前日に比べれば晴れ間が多くなり、時折眩《まばゆ》い陽光が差し込んでくる。吹きすぎる風は時折思い出したように静まり、そんなときは、斜面に刻まれた雪紋《せつもん》が降り注ぐ日差しをうけて大理石の彫刻のように輝く。

絶景というしかない。

雪の斜面だけがただ光っているのではない。吹き抜ける風さえ輝きを帯びて、一瞬一瞬の呼吸の間にも加減が変わる。光と雪と風の乱舞だ。

でも、風はおさまらない……。

那智子は空を見上げて白いため息をついた。

雲の動きは速く、上空の風が相当に強いことを教えてくれる。まだヘリが飛来できるような天候ではない。

持つだろうか……。

那智子は背後の小屋を振り返った。

怪我の男性は、一晩中静かに眠っていて、まだ目覚めていない。呼吸も穏やかで、浩二郎もまだ大丈夫だ、などと言っていたが、それがどれだけ根拠のあることかはさすがに那智子にもわからない。

今日は夜明けとともに上高地側へ降りる予定ではあったが、そうなるとあの怪我人を置いていくということになる。それでは薄情だからといって、救助が来るまで付き添えるかといえば、食糧や燃料にそれだけの余裕はない。

どうすべきか、浩二郎もまだ何も口に出していないということは、彼自身も迷っているということだろう。

大変な登山になった……。

もう一度真っ白な息を吐いたところで、風の向こうからゆっくりと雪面を登ってくる人影を見つけて、那智子は目を細めた。

大きなリュックを背負った小さな写真家が、一歩一歩と風の中を抜けて来る。

北アルプスの尾根沿いは、風向きの加減で原則的に東側に雪庇《せっぴ》が張り出す。雪庇に踏み込めば、滑落の危険があるから、西側の岩肌が露出した部分を歩くのだが、それだけ今度は風をまともに受けることになる。その時々吹き抜ける突風と、舞い上がる雪煙の中、小さな人影はときおり足を止め、またすぐに風の合間を縫って前進を再開する。昨日の疲労から回復したとはとても言えないであろうに、その地道な歩行にはどこか力強ささえ感じられる。

とんでもない人なのだ、と改めて感嘆した。

皆がまだ眠っている明け方前にそっと小屋を出た榛名は、前日の滑落地点まで戻って、置いてきた荷物を回収して来たのだ。

那智子が驚くのは、彼女のずば抜けた体力だけではない。むしろ、昨夕の絶望的とも思えるような状況から今に至るまで、実に淡々と己の役目を果たしていく、その強靱《きょうじん》な精神力にこそ、驚嘆させられるのだ。

那智子は我知らず手をあげて頭上で振った。少し戸惑った様子で立ち止まった相手は、やがて細い手を目いっぱい伸ばして左右に振り返した。

あの小さな体で、どうすればあの揺るぎない強さを持ち続けることができるのだろうか。

聞いてみよう、と那智子は思った。


「私は生きているのか……」

「今のところはな」

早朝の光の中で、健三は軽く眉をしかめた。

夜明けとともに目が覚めた健三は、そこが蝶ヶ岳ヒュッテの冬季小屋だと気付いて、前日の一連の出来事が夢ではないのだと悟ることになった。

右手、左足が動かない状態だが、体調そのものは存外に悪くない。自覚できるのは、少し熱っぽいことくらいであろうか。

見渡した狭い小屋の中にいるのは、片隅で荷づくりをしている男性ひとりである。健三はとりあえず礼とともに声をかけた。

「もう出発を?」

「もともと今日中に上高地まで降りる予定だったからね」

「そうか……」

「言っておくけど、背負って降りるつもりはないよ」

「そんな無茶なことは……」

驚いて答えた健三が、そのまま声を途切れさせたのは、振り返った男性の目に、思いのほかに鋭い光があったからだ。

「あんた、死ぬつもりだったただろ」

唐突な声が、黎明の光の中で重く響いた。日差しがさえぎられたのか、ふいに小屋全体が薄暗くなった。

「額の傷にはタオルも巻かず、右手は手袋をとって、胸ポケットからは煙草がはみ出していた。片島さんは何も言わなかったが、あんた死ぬつもりだったただろ」

口調は淡々としていても、声には静かな怒りが込められているのだと、健三は気付くことができた。その怒りの理由が何であるかはわからなくとも、弁明を試みるべきだと感じた健三は、すぐに口を開いた。

「最初から死のうと思って来たわけではない。ただ帰る場所を失ってしまえば、生きる理由が見つからなくなった。そういう気の緩みがあったからこそ落ちたのだと言われれば、そうかもしれないが……」

「くだらない話だな」

投げ捨てるような無遠慮な声に、健三はぎょっとする。

自分よりはるかに年の若い男にこういう態度をとられては、さすがに健三も黙ってはいられない。

「そう切り捨てられては返す言葉もないが、人にはそれぞれに抱えた事情というものがある。

長く生きていればなおのこと、君たちのような若者にはわからない……」

「ああ、そうだな。きっとわからないんだろうな」

再びあっさりと遮られて、会話は途絶えた。話の糸口をつかもうにも相手はまったく興味を失ったように、背中を向けて荷づくりを再開している。

堅い苦笑を浮かべてため息をついた健三に、ふいに男性の声が届いた。

「生きるってのは、苦しいことばかりだからさ」

荷をまとめる作業を続けながら言う。

「たまには、足滑らせて尾根道から落ちることだってあるさ。だけど落ちたあとに息があったんなら、しっかり体を起こして、崖っぷちに踏みとどまる努力をすべきなんだ。手袋取って煙草吸って、泣き言を並べる以外に、できることはいくらでもある。生きる理由なんてものは、しっかり生きてから考えればいいんだよ」

投げやりな口調でありながら、そこには切実な何かがあった。言葉のひとつひとつが、ほのかな熱を帯びてゆっくりと胸に沁《し》みとおってくるがゆえに、健三は返す言葉を持たず、ただじっと若い男の背中を見つめていた。

男は、やがて、ひとつため息をついてから振り返った。

「そんなことより、あんたちゃんと片島さんに礼は言ったのか？」

片島さん？　と眉を動かした健三に、若者は小屋の戸口を目で示した。ちょうど大きなリュックを背負い、雪を踏みしめて入ってきた人影を見て、健三はさらに多くのことを思い出した。

自分よりはるかに小柄な女性が彼を引きずるようにして小屋まで運んでくれた、というのは夢の中の話ではなかったらしい。

健三は黙って、体を動かせる限り深く頭をさげた。

「無事でなによりです」

にこやかに笑った女性は、若者の方を顧みて、「奥さんが呼んでいますよ」と明るい声を響かせた。若者は先刻までの無愛想な態度とは変わって、殊勝に頭をさげてから小屋を出ていく。その背を見送る健三に、榛名が口を開いた。

「気分は落ち着きましたか?」

ゆっくりと頷いた健三に、榛名は安心したように微笑する。

「なぜ、私を助けてくれたのだ?」

健三の唐突な問いに、雪まみれのリュックをおろしていた榛名が、一瞬だけ動きを止めた。

「あの男性が言ったように、私は助かる努力もせず、あの岩場でただ空を見上げていただけだった。あなたもそのことに気づいたはずだ。なのに……」

「山は」

と榛名が静かに相手を制するように口を開いた。

「山は不思議な場所ですね」

おろしたリュックの上の雪をはたきながら、続ける。

「人の抱え込んでいる哀《かな》しみや苦しみなんて、山にとっては何の関係もないことのはずなのに、なぜかここを訪れると癒《いや》される気がします」

榛名は、再び日の差し始めた戸外に目を向けた。

「そんな山に、私は何度も助けられてきたから、ここを誰かの身勝手な死に場所になんて、してほしくないんです」

戸惑う健三を振り返って、榛名は遠慮がちに苦笑した。

「こんな言い方して、嫌な女ですね」

「いや……」とつぶやきかけた健三は、ふいにあの吹雪の中で見た、榛名の透徹した瞳を思い出していた。優しさや気遣いの溢《あふ》れた目ではなく、どこかに冷ややかささえ秘めた、あの静かな瞳だ。

榛名は苦笑を微笑にかえて、

「生きていればときには、山に逃げ込むことだってあります。でも山が好きなら、ここを悲しい場所にはしないでください。山は、帰るために登るんですから」

「私には……、その帰る場所がない」

「私も、そう思っていた時期がありました」

予期せぬ応答に、健三は思わず顔をあげた。

榛名はかえって小さく笑いながら、でも、と続けて、

「帰る場所なんて、自分でつくるものですよ」

明るく響くその声に、健三はとん、と胸を突かれる思いがした。

目の前の女性の、無邪気にさえ見える笑顔の片隅に、年に似合わぬ老成したものの気配を感じ取ったとき、健三は多くのことを問いかけたい思いに駆られながら、結局言葉を見つけられなかった。

ただ耳に残る榛名の言葉を、つぶやくように繰り返しただけだ。

「帰るために登る、か……」

〝山が好きなら、歩いてください〟

あの朦朧とした意識の中で、目の前の女性が言った言葉が思い出された。あのとき健三は、確かに歩いたのである。

「あの人たちだって同じです。毎年ここに来て、抱えきれない哀しみを少しでも癒して、また帰っていくんです」

榛名の声に誘われるまま、窓の外へ目を向けた健三は、雪面の向こうで、並んで朝日に向けてじっと手を合わせている夫婦の姿を見つけた。二人は、ときおり雪煙の舞い上がる風の中でも微動だにしない。

「なにを……?」

「弔い登山なんだって言っていました」

「弔い登山?」

「三年前に亡くなった息子さんの弔い登山」

健三は、胸の奥がすっと静まる心地がした。

「山がすごく好きな子で、ずっと松本平から見える常念岳に、登ってみたいって言っていたそうです。でも、小学校に上がってすぐに、難病で亡くなったと」

再び雲間が大きく切れたのか、眩いほどの朝日が降り注いできた。

「今日がその子の命日だそうです」

そう言って、榛名もまたそっと手を合わせた。


「話しちゃった、榛名さんに」

那智子の声が聞こえて、浩二郎は黙禱《もくとう》から顔をあげた。

「なにを？」

「浩介のこと」

浩二郎は軽く目を瞬《しばたた》く。

「駄目だった？」

「駄目じゃないさ。ただ驚いただけ」

浩二郎は再び西の穂高連峰に目を向ける。昨日はほとんど見えなかった奥穂の名峰が、切れ切れの雲間から姿を現し、背後から差し込む朝日を受けて、色鮮やかに輝いている。

「話せるようになったんだな、他人に」

「そろそろ幸せにならなきゃいけないんでしょ」

浩二郎は、不思議とさっぱりした表情の妻を見て、感慨深げに大きく頷いた。

「三年前に比べれば、だいぶまともな顔に戻ってきたよ」

「なによそれ。まるで私だけひとりで落ち込んでたみたいじゃない」

「落ち込んでいたさ。それに、傷ついて、苦しんでもいた。俺なんかよりずっと」

浩二郎は妻に向けた優しげな目を、ふいに厳しい光に転じて小屋の方へ投げかけた。

「それでも那智子はがんばってここまでやってきた。たいしたものだよ。いい年して、くよくよ愚痴ったあげく命を投げ出そうとするような、ろくでもない人だっているのにさ」

小屋の窓の奥は、暗くて見えない。

かえって那智子が苦笑した。

「相変わらず、浩ちゃん、そういうとこ手厳しいわよね」

「厳しくもなるさ。生きていれば死にたくなるようなことは山ほどある。それでも生きるって選択肢が選べるだけ俺たちは幸せなんだ。なにがあったか知らないが、いい年して帰る場所がないなんて、ずいぶん能天気な悩みだよ」

再び日差しが隠れ、薄暗くなってきた空を見上げながら、浩二郎は続ける。

「そんなろくでなしを、片島さんは命がけで運んでやった挙句に、丁寧に話聞いて優しくして、まったくたいした美人だ」

「美人は関係ないでしょ」

笑う那智子に、浩二郎はしかし硬い表情を崩さない。

「片島さん、明け方までずっと横になったまま、右手の指を動かし続けていた。多分、凍傷寸前だったんだと思う」

那智子はさすがに笑みを凍りつかせた。

「大丈夫なの？」

「さあね。だけど本人が何も言わないものを俺が横から口を挟むもんじゃないだろ。こっちはただのサラリーマン、向こうは山のプロなんだから」

那智子は納得がいったように柔らかな笑みを浮かべる。

「それで、余計に頭に来ていたわけね」

「そうさ。なのに、片島さん本人は、あくまでにこにこ笑って何も言わないんだから、見ている方が苛々《いらいら》する。なんであんなに優しいのかね」

「優しいんじゃなくて、厳しいのよ、自分に対して」

唐突な那智子の言葉に、浩二郎は戸惑いがちに妻を見返す。

「さっき、榛名さんに聞いたの。どうしてそんなに強くいられるんですかって。そしたら、自分は強いわけじゃない。ただ後悔したくないだけなんだって」

「後悔？」

「知ってた？　榛名さんて子供のころにご両親亡くしてるの」

「なんかで読んだことはある。〝孤高の女性写真家〟とかって。だけど出版社の売り出し文句みたいなもんかと思ってたけど……」

——子供のころは、ずっと自分は一人ぼっちだって思っていました。

那智子は、そんなことをつぶやく榛名の、落ち着いた横顔を思い出していた。

幼いころに父と母を相次いで失い、ほとんど面識もなかった親戚《しんせき》の家で育てられた榛名には、つねに癒しがたい不安と孤独とが付きまとっていたという。その思いが、彼女を山へと導いたのだ。

「でも、山の中でいろんな人に出会って、少しずつ気が付いたんです」

朝日を受けて白く輝く穂高連峰を見つめながら、榛名は静かな声で那智子に答えた。

「一人ぼっちなのは自分だけじゃない。人はみんなひとりなんだって」

思わぬ言葉に、那智子は困惑気味に見返した。

「ひとりだってことは、嬉《うれ》しいことも哀しいことも全部自分が引き受けるってことです。だったら毎日を大切に積み上げて、後悔しないようにしたい」

「でもそれってなんか、すごく苦しいことじゃない？」

那智子の反応に、榛名は微笑みながら首を左右にした。

「本当に苦しいのは、自分だけが一人ぼっちだって思うことです。そうして、何もかも投げ捨ててしまうことです。そんなの、間違っていますし、悲しいですし、なにより、かっこ悪いです」

かっこ悪い、という唐突な言葉が、不思議なほどしっくりと響いて、那智子も思わず笑った。

「……変ですか？」

「変じゃないわ」

変なはずがない。

那智子は率直にそう思った。

やりきれない苦悩も、投げ出すきっかけも山ほどあったろうに、この小さな登山家は、毎日を、まるで本当に山に登るように一歩一歩、真摯《しんし》に歩んできたということだ。

「榛名さんがなんで〝かっこいい〟のか、なんとなくわかった気がする」

「かっこよくなんてないですよ。私、結構、根暗なんですから」

困ったように首をかしげる榛名を、那智子はしばし、眩《まぶ》しげに眼《め》を細めて見つめていたのである。

「すげえ話だな」

那智子の話に耳を傾けていた浩二郎は、素直に嘆息した。

風がやみ、二人を囲む雪紋がまばゆく輝いている。

「俺だったら、その境遇だけで、まず真っ先にぐれてるよ」

「実際、榛名さんも、ぐれたことがあったみたい。結構、無謀な登山をしていた時期もあったそうよ。そういう無茶をしてきたから、あの若さですごい山の経験を持っているってことなのかもしれないけど」

「なるほどなぁ」と浩二郎は空を見上げて白い息を吐き出す。

「なんにしても俺たちより若い年で、そんなふうに生きていけるなんて、やっぱすごいよ」

「信州に来て、不思議な人に出会ったんだって」

ん？　と浩二郎は眉を動かす。

「以前は気持ちが負けそうになる時もあったけど、今はその人が帰りを待っていてくれるから、どんな吹雪の中からだって必ず戻ってこられるんだって言ってた。素敵な話よね」

「なんだ、片島さん、彼氏がいるのか」

「なんだ、はないでしょ。嫁の前で」

じろりと夫を睨《にら》み付けながらも、那智子の脳裏には、嬉しそうに話す榛名の笑顔が思いだされる。榛名が山から帰ってくる日は、遅くなってもできるだけ起きて待っていて、出迎えてくれる人なのだと言う。

そんな話をしておきながら、急に我に返ったように〝山に来ると、なんだか話し過ぎてしまいますね〟と顔を赤くする姿は、孤高の写真家のイメージからは程遠い、恥ずかしがり屋のただの女の子だ。

「きっと薄っぺらい誰かさんとは違って、いい人が待ってるんだろうな」

「なんか言った？」

不思議そうな顔をする浩二郎に、那智子は苦笑とともに肩をすくめながら、

「とにかく素敵な人らしいわ。いつも難しい顔で悩んでいて、ちょっと古風で変わった話し方するけど、とにかく一生懸命なところがかっこいいって」

ふーん、と首をひねった浩二郎は、遠慮がちに口を開いた。

「……それってホントにかっこいいのか？」

「私も同じこと思った」

二人は顔を見合わせて、笑いあった。


〝生きる理由なんてものは、しっかり生きてから考えればいいんだよ〟

小屋の天井を見つめる健三の耳の奥で、浩二郎の声が響いていた。

〝帰る場所なんて、自分でつくるものです〟

つい先刻の片島榛名の声が続く。

ぐるぐると頭の中を回る言葉と格闘しながら、健三は小屋の真ん中へ視線を向けた。

そこでは榛名と布山夫妻の三人が丸くベンチに腰掛けて、今後どうすべきかを話し合っている。

早朝は切れ切れに差し込んできた陽ざしが、今は比較的長く明るく戸外を照らしているようだ。風の音も昨夜に比べれば幾分良い。そのゆるやかな風音の中で、三人は言葉少なく何事か語り合っている。しばしば訪れる沈黙のたびに、それを埋めるのは、そばにぶらさがったラジオからの途切れ途切れの天気予報だ。

健三は珍しい高山植物でも見つけたような心持ちで、三人を眺めていた。

そこには、哀しみがあり、苦悩があり、苛立ちがあり、憂鬱《ゆううつ》がある。この苛酷《かこく》な条件の中で、重症の怪我人をいかにすべきか、選択肢はけして多くはない。そのあからさまな現実が、一層三人を無口にしているのだ。

「行ってください。私のことは構わずに」

健三は、我知らず口を開いていた。

三人が振り返る。その中で浩二郎が最初に口を開いた。

「自殺志望の怪我人は黙っていてくれ。俺たちは生きる算段をしているんだ」

言葉に遠慮がない。

その率直さが心地よく、かえって健三は余裕をもって応じることができた。

「私も生きる算段をしているんだ」

浩二郎が眉を寄せる。

健三はそのまま続ける。

「天気は昨日に比べれば持ち直しているように見えるが、十分に晴れるまえに夕方にはまた悪化する。そしてそのあと最低二日間は、一段と強い暴風雪が続くことになる。つまり三日後の朝まではどうやったって、救助は来ない。だがここには燃料も食糧も限られた量しかないのだ。だとすれば、この午前中のうちに、ひとりでも山を下りた方が、助かる確率は確実に増える」

束《つか》の間《ま》の沈黙ののち、再び浩二郎が応じる。

「夜明けに比べて雲も減ってきているのに、この天気がまたすぐ崩れるって？　低体温症の患者の予言を信じろってのか」

「疑似晴天というのを知っているか?」

健三の問いに、浩二郎は黙って首を左右にする。

「日本海側に弱い低気圧ができて気圧傾度が一時的にゆるむことによって出る晴れ間だ。本来の高気圧による晴天ではないから、すぐに崩れる。読み間違えると命の危険さえある」

「その細かな天気予測の根拠はなんですか?」

静かに問うたのは榛名だ。

「そこにぶらさがってるラジオから流れてきた天気予報をもとに、天気図を書いてみた」

「天気図?」

「もちろん頭の中での話だし、三十年前の知識だから、ずいぶん粗雑なものだがね」

しばしの沈黙は先刻までとはすこし趣を異にしたものだ。

榛名は思考を整理するようにそっと目を閉じた。若い夫婦は顔を見合わせている。

「信用できないと言うのもわかるが、低体温症による錯乱ではないと思うよ」

「……投げやりな自殺志願者が、急にどういう風の吹き回しなんだ?」

「正直私にもわからない。ただ君たちを見ていて、自分のできることをしようと思っただけだ」

健三は、自分でも不思議なほど澄みわたった心持ちで答えていた。

「この体があとどれくらい持つかはわからないが、私も山が好きな人間のひとりだ。榛名さんの言うとおり、帰るために登るのが山であるのなら、今からでもそのために力を尽くしたいと思う。たとえ、最終的な結果が、不幸なものに終わってもね」

最後の一言で、身じろぎもせず皆を見守っていた那智子がかすかに肩をふるわせた。

意外とかっこいいこと言っているのかもしれないな、と健三は奇妙な愉快さを覚えて腹の底が温かくなった。

「おそらく、この人の言っていることは、現状では最善の選択肢です」

再び口を開いたのは榛名だ。

「この後、天気が崩れてくるというのなら、なおのことお二人はすぐ出発した方がよいでしょう。長塀山の下山コースは、雪と風に巻かれると一気に難易度が高くなります」

「しかし片島さんは?」

「私はもともとあと数日は下山せず写真を撮るつもりでしたから、慌てる理由はありません。装備も食糧も燃料も自分の分は確保しています」

驚く二人を制するように続けて言う。

「ヘリが来るまで最低でもあと二日間。その間、まともに身動きできないこの人に、湯を沸かしてスープを飲ませることくらいは、撮影の予定にくわわっても負担にはなりません。ですがあなた方は違います。残れば、この人の言う通り、かえってリスクが増すばかりです」

緊張を伴った沈黙が訪れた。

その沈黙をふるわせる風の音は心なしか明け方より強くなっている様子だ。

しばし微動だにせず視線を落としていた浩二郎は、にわかに立ち上がって答えた。

「残っても意味がないことはよくわかった。俺たちは出発するよ」

「浩ちゃん……」

戸惑うパートナーを振り返って続ける。

「かっこ悪いかもしれないけどさ、俺たちは生きるためにここに登ってきたんだ。ヒーロー気取りで残ったあげくに命を落としても、浩介は喜ばないだろ」

そのままおもむろに自分たちのリュックを引きずり出してくる。

ようやく荷づくりを終えたばかりのリュックを乱暴に開き、入っていたカップ麺《めん》やクッキー類を傍のテーブルの上に放り出した。

「予備日二日分の食糧だから、大した量にはならないけど置いていく。そこの怪我人の分くらいにはなるだろう」

「私のことなら……」

と口を開きかけた健三を、浩二郎は力強く制した。

「女ひとりと怪我人を置いて出ていかなきゃならない俺たちの気持ちも察してくれ。これはあんたの都合じゃなくて、俺たちの問題なんだ」

「しかしそれでは、君たちが余分なリスクを背負うことになる。万が一、下山路で雪に巻かれて……」

「俺たちは今日中に徳沢まで必ず降りる。天気が崩れる前に必ずな」

有無を言わせぬ調子で告げた浩二郎は、おおげさに肩をすくめてつけくわえた。

「俺も那智子も、このコースには慣れてるし気力も体力も充分だ。ひとりぼっちで、いじけている誰かさんとは違うんだよ」

またそういうこと言って、と傍らで女性が小さく笑った。ささやかではあっても、健三が戸惑うくらいの朗らかさのある笑い声だった。

「ま、榛名さんにあれだけかっこいいところ見せられたら、やるっきゃないものね」

「おう」とぶっきらぼうに浩二郎は応じた。

今さらながら、健三は理解した。

この若い夫婦は、ただ陽気で能天気なだけの二人ではない。救い難い哀しみと懸命に向き合い、そして乗り越えてきた二人なのだ。

「言っておくけど、あんたが自殺希望から生存希望に転向したって言うから、大事な食糧を置いていくんだ。俺の明日の夜食まで入ってるんだから、あとで倍にして返せよ」

向かい側に座っていた榛名は何も言わなかった。ただ静かな笑みを浮かべて、頷いただけだ。

健三は、なかば呆然として、目の前の三人の登山者を見守ることしかできなかった。

その束の間の沈黙の中、ふいに浩二郎が「なんだよ」と当惑とともに眉をしかめたとき、健三は初めて自分が泣いていることに気付いた。

凍傷で紫色に乾いた頰《ほお》の上を、ひとすじ、ふたすじと細い光が落ちていく。五十歳の男が、ただ溢れるままに涙を流し、肩をふるわせていた。

やがて涙がしずくとなって膝《ひざ》に落ちた時、健三は深々と三人に向けて頭をさげていた。

もはや言葉はなかった。

かさの減った荷物を背負った夫婦は、榛名に短い別れの挨拶を告げ、そのまま小屋の出口へと向かう。

健三は涙をそのままに、腹の底に力をいれて告げた。

「私は必ず生きて帰る」

声は風音に負けぬ確かさで小屋の内に響いた。

足を止めた浩二郎は、肩ごしに一瞥《いちべつ》を投げかけたが、何も言わず、たちまち風の中へ溶けて行った。


それからの数日の経過を、健三は正確には覚えていない。

小屋の片隅に横臥《おうが》したまま、ただひたすら風の音を聞き、唐突にうずきはじめた右手のしびれと、断続的に訪れる左足の痛みと、乱高下する発熱と闘う時間となった。

天候は健三の予測したとおり、布山夫婦の去ったあと、徐々に悪化し、夜半には吹雪となった。

風は時に小屋を吹き飛ばすのではないかと思われるほどの轟音《ごうおん》を響かせ、うつらうつらと浅い眠りに落ちていた健三を、繰り返し脅かした。

眠りの合間には、小屋の外をうかがうべく出入口へ向かった榛名が、すぐに戻ってくる姿も目にした。そんな時の彼女は、体力を温存すべく、小屋の片隅でじっと時間が止まったように座り続けていた。

一連の経過において、榛名は、健三が驚嘆するほど忍耐強くあり続けた。

時とともに重苦しくなる空気の中でも特別な変化を見せず、淡々と食事を用意し、風が収まればカメラを持って出かけていき、またいつのまにか戻っていた。

もともと血の気の薄いその頬には疲労の色がゆっくりと蓄積しつつあったが、それでもこの小さな写真家は、慌てたり諦《あきら》めたりするという行為をすっかり忘れてしまったかのように、淡々と作業をこなしていた。

朦朧とした意識の中で、健三はふいに気が付いた。

――この人は、孤独との闘い方を知っているのだ……。

その事実は、とりもなおさず、この女性がどれほどの深い孤独と闘い、そして乗り越えてきたのかということを示していた。

それに引き替え私は……。

まとまりのない思考の中で、健三は、驚嘆し、自問し、煩悶《はんもん》し、やがて眠りについていた。

唐突に小屋の扉が開く音が聞こえ、力強い足音とともに男たちが入ってきたのは、それからおそらく三日目ではなかったか。

彼らによって担架に乗せられた健三の意識は、相当に危ういものであった。その危うい視野の中で見上げた空は、すべてが夢であったかと思うほどの、雲ひとつない抜けるような快晴であった。

やがて爆音とともに近づいてくる鉄の塊が見えたかと思うと、そのままするすると吊《つ》り上げられ、気付いたときには松本平の救急病院のベッドに寝ていたのである。

ヘリに吊り上げられる直前、

「すべてあなたの天気図どおりでしたね」

そんなことを言う、榛名の明るい笑顔を見たような気がしたが、それも定かではない。

山小屋へ駆けつけた救助隊員の話では、片島榛名はヘリへの搭乗は不要と答えたとのことだ。

「私は自分で降りられます。早くその方を降ろしてあげて下さい」と。

まるで山の女神さまみたいだったぜ、などと、やかましいヘリの中で隊員たちが真顔で会話する言葉を聞いたような気がするが、それも夢心地である。

到着した病院で、診察した医師たちは、満身創痍《そうい》の健三の状態と、三日間もの小屋での生活を知って皆、驚きの声をあげた。

「よく生きて帰ってきたものだな」

なかば呆れ顔でそう告げる医師たちに対して、健三は我知らず、かすれた声で答えていた。

「帰るために……、登ったのです」

折しも、窓から外へ目を向ければ、安曇野の彼方に白く輝く常念の堂々たる山稜が見えて、健三はベッドの上で眩しげに目を細めていた。

青空を切り取るように輝く白い稜線は、何事もなかったように泰然と鎮座している。空も雲も大地も、その片隅で起こったささやかな物語に、なんの関心も示さず、ただ悠然とそれぞれの時を刻んで、身じろぎもしない。

その動かぬ山の稜線を、健三はただじっと静かに、見つめ続けていた。


『まつもとぉー、まつもとです』

夜の松本駅ホームに、のんびりと間延びしたアナウンスが響き渡っていく。

七番線ホームに到着したのは、二十三時一分着、新島々《しんしましま》発松本行き、松本電鉄の最終電車だ。

扉の開いた電車からホームに降り立った片島榛名は、眩い蛍光灯に目を細めてから、ひとつ大きく深呼吸をした。

帰ってきた……。

山から下りてきた榛名が、そのことを最初に実感するのが、この七番ホームである。

冬場の平日、しかも夜十一時過ぎであるから、ホームに行き交う人影は多くない。あっても分厚いコートやダウンジャケットの中に頬までうずめて足早に通り過ぎていく数人がいるだけだ。

その中では、二十キロの巨大なリュックを背負った榛名の姿はなかなか目を引く存在だが、けして奇異ではないのが松本という土地だ。雪山帰りと見定めて、いくらか驚嘆の眼差《まなざ》しを向ける通行人もある。

見上げれば、夜空からは淡い雪が舞い降りて来る。その雪を払うように、四番線からは、回送に切り替わった特急『あずさ』が静かに滑り出していく。

静寂に沈んで行くホームに立ったまま、榛名はそっと自分の右手に目を向けた。薬指と小指の先がまだ少し赤くむくんでいるが、痛みはない。かすかなしびれ感はあるものの、動きも問題ない。

榛名はかすかに頷くと、いつもの落ち着いた足取りで歩き出した。

改札を抜け、駅舎を出る。

駅前電光掲示板のマイナス五度の光も、ちらちらと舞う粉雪も、常念帰りの榛名にとっては、ただ懐かしいばかりだ。

そうして帰路を急ぐ彼女の心を占めるのは、すでにあの、慌ただしく、緊迫した冬山の記憶ではない。今も下宿で彼女の帰宅を待っているであろう、ひとりの住人の姿である。

栗原一止というその青年の、少しくたびれた様子で苦笑している姿が、榛名の脳裏に思い浮かんだ。

不思議なものだと榛名は思う。

まだ出会って一年も経《た》っていないのに、いつも忙しそうにしていて、それほどたくさんの言葉をかわしてきたわけではないのに、榛名の内側で青年の存在は少しずつ大きくなっている。

その理由が、榛名自身にはまだはっきりとはわからない。

ただ、懸命に毎日を駆け回る青年の姿はいつも胸の内にあり、その少しくたびれた笑顔が、まるで囲炉裏の熾《おき》のように、静かに榛名の心の奥底を温めてくれるのである。

本当に、不思議なものだと嘆息したとき、薄暗い小道の向こうに、灯《あか》りのともる古びた二階建ての日本家屋が見えた。

少しだけ足早になる。

生垣沿いに歩き、玄関から飛び石を踏んで引き戸を引く。からからと、乾いた音が途切れるより早く、奥の居間の襖《ふすま》がすっと開いて、廊下に灯りが漏れだした。

そのやわらかな灯りに目を細め、やはりここが自分の帰る場所なのだと心の底で頷いた。

だから榛名は、ひとつ大きく息を吸い込んでから、明るく声を響かせた。

「ただいま」

澄んだ声が、廊下を照らす温かな光の中に溶けて行った。

夏川草介
Sosuke Natsukawa

1978年大阪府生まれ。信州大学医学部卒。長野県の病院にて地域医療に従事。2009年『神様のカルテ』で第十回小学館文庫小説賞を受賞しデビュー。同作は2010年本屋大賞第二位となり、150万部を超えるベストセラーとなる。他の著書に『神様のカルテ2』『神様のカルテ3』がある。

《初出》
「有明」「彼岸過ぎまで」「神様のカルテ」　書き下ろし
「冬山記」　STORY BOX　2015年2月号

神様のカルテ 0
2015年　3月1日　初版第一刷発行
2015年　3月22日　第二刷発行

著者　夏川 草介
発行者　稲垣 伸寿
発行所　株式会社 小学館
〒101-8001　東京都千代田区一ツ橋2-3-1
電話　編集03-3230-5959
　　　販売03-5281-3555
印刷所　大日本印刷株式会社
製本所　牧製本印刷株式会社

 ISBN978-4-09-386404-6